dtv

Jean-Jacques und Claire sind seit acht Jahren verheiratet, und zwischen der sonntäglichen Lammkeule bei Claires Eltern und dem Chinesischunterricht für die sechsjährige Tochter Louise spulen sie routiniert ihr Ehe- und Liebesleben ab, das einst durch eine Reise nach Genf seinen Gipfel erreicht hatte. Aus Neid auf seinen Kollegen Édouard, der sich nach seiner Scheidung zu einem Casanova entwickelt hat, beginnt Jean-Jacques eine Affäre mit seiner Arbeitskollegin Sonia. Noch einmal spürt er die Genfer Glückseligkeit, doch er weiß nicht wirklich etwas mit diesem Gefühl anzufangen. Er erlebt den Glücksfall als beängstigend unkontrollierbar und verläßt Sonia wieder. Claire, die sich von der neuen Liebeslust ihres Mannes nicht täuschen läßt, engagiert ihrerseits den schüchternen Russen Igor zunächst als Detektiv und dann als Liebhaber.

David Foenkinos erzählt in gewohnt ironischer und bisweilen skurriler Manier, aber auch mit melancholischen Untertönen die Geschichte einer großen Liebe. Einer Liebe, deren Glück für Claire und Jean-Jacques erst dann ganz erkennbar wird, als sie zu Ende geht.

David Foenkinos, 1974 geboren, Schriftsteller und Regisseur, studierte Literaturwissenschaften an der Sorbonne und Jazz am CIM. ‹Größter anzunehmender Glücksfall› ist sein vierter Roman. Für ‹Das erotische Potential meiner Frau› (<u>dtv</u> 13654) wurde er mit dem Prix Roger Nimier ausgezeichnet.

David Foenkinos

Größter anzunehmender Glücksfall

Roman

Aus dem Französischen
von Christian Kolb

Deutscher Taschenbuch Verlag

April 2009
3. Auflage September 2009
Deutscher Taschenbuch Verlag GmbH & Co. KG,
München
www.dtv.de
Titel der Originalausgabe ‹En cas de bonheur›
erschienen bei © Éditions Flammarion 2005
Für die deutschsprachige Ausgabe:
© 2006 Verlag C. H. Beck oHG, München
Umschlagkonzept: Balk & Brumshagen
Umschlaggestaltung: Wildes Blut, Atelier für Gestaltung,
Stephanie Weischer unter Verwendung
eines Fotos von gettyimages/Image Source
Satz: Fotosatz Reinhard Amann, Aichstetten
Druck: Druckerei C. H. Beck, Nördlingen
Bindung: Kösel, Krugzell
Gedruckt auf säurefreiem, chlorfrei gebleichtem Papier
Printed in Germany · ISBN 978-3-423-13747-8

FÜR CLAIRE C.

«Die Ehe ist eine Hölle.»

Henry de Montherlant

«Nie bin ich so glücklich gewesen
wie während meiner Ehejahre.»

Anonymer Autor

PROLOG

Es war lange her, daß Jean-Jacques sich nicht mehr gemüht hatte, in seinem vollen Glanz zu erstrahlen. Seit kurzem zog er es jedoch vor, die Treppen zu seiner Wohnung hochzusteigen, um seine Wadenmuskeln zu trainieren. Aufzüge schienen ihm jenen schlappen Typen vorbehalten zu sein, die nicht mehr zu verführen suchten. Er kam drei Minuten vor acht nach Hause und lächelte Claire mechanisch zu. Nachdem er dieses Lächeln in dem Stil, in dem man eine Fliege verscheucht, wieder ausgelagert hatte, schaltete er den Fernseher an. Je weniger Interesse er am Eheleben hatte, desto mehr beklagte er das Schicksal von Völkern, die sich im Kriegszustand befanden. Auf eine illusorische und abendländische Weise vernahm er im Drama der Kurden das Echo auf den eigenen Niedergang.

Das Leben als Paar ist das Land mit der geringsten Lebenserwartung. Acht Jahre, das war schon fast weltmeisterschaftsreif. Jean-Jacques und Claire tauschten Zeichen der Zärtlichkeit aus, flüchtige freilich; Zärtlichkeiten wie Relikte; leichte nostalgische Berührungen; verstohlene Küsse, die den einstigen Karussellküssen nachpilgerten. Einvernehmlich verbargen sie vor anderen ihren tatsächlichen Zerfall. Sie wurden als Vorbild angesehen, wodurch sie sich in ihrer Routine besser einrichteten. Andererseits verstand niemand, warum sie sich nicht noch ein Kind zulegten. Ein Paar wie sie, das Abbild der Vollkommenheit, stand in der quasi militärischen Pflicht, sich weiter fortzupflanzen. Anfangs hatten sie bedeutungsschwanger gelächelt und auf morgen verschoben, was in neun Monaten hätte geschehen können. Dann war die Zeit vergangen, und sie hatten der Tatsache ins Auge blicken müssen: daß sie gar kein zweites Kind wollten. Zu ihrer Rechtfertigung stellten sie etwas dar, was sie nicht waren. Jean-Jacques und Claire hatten den Wunsch geäußert, Zeit für sich haben zu wollen. Alle fanden diesen Standpunkt super. Man klatschte ihrer Gesellschaftslüge Beifall und flüsterte sich zu, daß die Liebe ohne den Egoismus in ihr Verderben rennt.

Louise, ihre sechsjährige Tochter, war am Ende ihrer Kräfte. Kein Krümel ihrer Freizeit entkam den Tanz- und Klavierstunden und dem Chinesischkurs. (Jean-Jacques hatte irgendwo gelesen, daß in vierzig Jahren die ganze Menschheit chinesisch reden würde; er war eben von rationalem und vorausdenkendem Charakter.) Sie sollte um jeden Preis ein Wunderkind werden,* und das Glück wurde systematisch kultiviert. Es gab daher nichts Wichtigeres, als sich der Illusion ihrer prächtigen Entwicklung hinzugeben. Aber wenn sie im Wohnzimmer Klavier spielte, war es schwierig, dabei nicht an das Streichquartett von der *Titanic* zu denken.

* *Sie würde also (zwangsläufig) ein bißchen an Neurasthenie leiden.*

ERSTER TEIL

1

Jean-Jacques' Arbeit erregte begrenzte Aufmerksamkeit. Er war eine Art Berater in Dingen, die mit Geld und der Bewegung von Geld zu tun hatten. Das Wichtigste an diesem Arbeitsplatz war demnach, niemanden im Nacken sitzen zu haben, um nach Belieben umschwenken zu können. Es gab viele Computer in seiner Firma und Männer, die Krawatte trugen. Männer, die zu geregelten Zeiten mit der Metro fuhren und die vor Schweiß trieften, wenn sie hereinkamen. Das Unternehmen befand sich in einem hohen Turm. Der Chef thronte im obersten Stockwerk. Doch nach den Anschlägen vom 11. September hatte er beschlossen, die Hierarchie umzudrehen. Das niedere Personal genoß von nun an einen uneinnehmbaren Blick über Paris. Niemand hatte es gewagt, die Veränderung zu kritisieren, aber die neue Situation beeinträchtigte doch mehr als einen der Beschäftigten: Wenn das einzige Ziel das Aufsteigen ist, entschließt man sich schwer zum Absteigen.

Édouard war Jean-Jacques' bester Freund und zugleich sein engster Mitarbeiter. Er war die Karikatur des selbstsicheren Mannes und lieferte stets jeden Beweis seiner lückenlosen Selbstverwirklichung. Jedesmal, wenn er einen Vertrag abschloß, sprang er plötzlich auf und stieg auf einen Schreibtisch. Alle mußten von seinen Erfolgen in Kenntnis gesetzt werden. Er war immer der erste, der noch spät einen Aperitif arrangierte, bei jeder Gelegenheit anstoßen mußte und diese falsche gute Stimmung erzeugte, in der man über nichts anderes als die Arbeit reden konnte. Trotz seiner gesellschaftlichen Extravaganzen war er der aufmerksamste Freund, den man sich vorstellen konnte. Die Freundschaft zu Jean-Jacques hatte im Besonderen in jener schwierigen Zeit begonnen, in der er sich hatte scheiden lassen. Damals war seine Beziehung auf beklagenswerte Weise auseinandergebrochen, mit Rechtsanwälten und Belastungszeugen. Mit den Jahren hatte sich die Lage aber drastisch geändert. Édouard hatte sich zu einem Single entwickelt, dem die Obsession von der Verführung innewohnte. Seine Kinder verwöhnte er in einem fort, wenn er mit ihnen zusammen war, und den Rest der Zeit zog er von einer Frau zur anderen. Er erging sich in Vertraulichkeiten, und in Jean-Jacques' Ohren vermischten sich weibliche Vornamen und sexuelle Stellungen. Jean-Jacques hätte diese Unterhaltungen gern vermieden, weil es ihn frustrierte, daß er kein genauso turbulentes Leben hatte. Édouard bemerkte ein Unbehagen, das der sofortigen Analyse bedurfte:

«Wie läuft es mit Claire?»

Jean-Jacques antwortete, daß alles sehr gut laufe, aber seine Intonation hatte an ein verrücktes Klavier erinnert. Er konnte ja auch nicht sagen, daß alles schlecht laufe. Seine Beziehung zu Claire war einfach in eine Spalte der Liebesdefinitionen gerutscht und dort vergessen worden.

«Und in sexueller Hinsicht?»

Darauf hatte er keine Antwort. Édouard fällte ein drastisches Urteil: Sein Freund brauchte eine Geliebte. Jean-Jacques dachte just in diesem Augenblick, daß er imstande wäre, Claire zu betrügen. Um die Angst zu verscheuchen, die ihm dieser Gedanke machte, flüchtete er sich sogleich in eine seiner süßesten Erinnerungen. Édouard schnitt ihm das Wort ab:

«Denkst du an Genf?»

Er war offensichtlich so durchschaubar, daß sich seine Gedanken lesen ließen. Langsam brach ihm der Schweiß aus. Er versuchte sich auszumalen, wie er seine Frau belog. Er stellte sich seine Geliebte, die er noch gar nicht kannte, bereits bildlich vor. Sie war die geradezu monströse Fleischwerdung seiner Phantasien, eine barocke Mischung aus all den Frauen, die ihm, auch flüchtig, in den letzten zwanzig Jahren gefallen hatten. In seinem lächerlichen Eifer nahm Jean-Jacques die Ereignisse vorweg und hatte schon Schuldgefühle. Er wollte sich beruhigen und sagte sich, daß die ewige Treue nicht praktikabel sei, doch seine Fiebrigkeit ließ nicht nach. Das würde kein leichtes Unterfangen für ihn werden. Er versuchte sich davon zu überzeugen, sich selbst zu beweisen, daß sein Verlangen nach einer anderen Frau so unabweislich war wie der Zerfall seiner Beziehung. Claire würde ihn sicher verstehen, er brauchte keine Angst zu haben. Er hatte sie schließlich nicht in den ersten Monaten nach der Hochzeit betrogen. Die Legitimität des Ehebruchs wuchs mit den Jahren. Vielleicht würde sie auch einen Liebhaber haben. War es womöglich schon soweit? Die Frauen sind den Männern ja immer voraus, außer beim Sterben.

Einige Monate später fanden sich Jean-Jacques und Sonia in einem Hotelzimmer wieder. Nicht zum ersten Mal. In den

Armen einer anderen Frau zu liegen gab ihm neue Energie, kein Zweifel. Seit Jahren war er nicht so glücklich gewesen. Er wollte einfach leben und frei atmen können. Er konnte keine Aufzüge mehr ertragen. Wenn er an die Gefahren seiner Euphorie dachte, kam er sich in seinem Klischee des verheirateten Mannes entsetzlich lächerlich vor. Bevor er nach Hause ging, vertrat er sich nun ein wenig die Beine, als ob das Umherirren in der Nacht das glückselige Lächeln, das sich quer über sein Gesicht zog, vertreiben könnte. Auf den Straßen von Paris kreuzte er mit Blicken die Passanten. Der irre Gedanke, daß alle wußten, was er gerade getan hatte, drängte sich ihm auf. Nach dem Sex steht man immer ein bißchen im Mittelpunkt der Welt. Aber das Gefühl, das er hatte, war gar nicht so verstiegen. Seit ein paar Tagen wurde er wirklich beobachtet.

II

Am besten beginnt man bei einer Frau mit den Haaren. Claires Haar war unschlüssig, lang, aber gewellt. Man hatte den Eindruck, daß es ein unabhängiges Leben führte. Die Farbe schien sich auch zu verändern, wie die Regenbogenhaut bei Neugeborenen. Der kroatische Volksglaube fällt einem da ein. Nach diesem Glauben kündigen sich wichtige Ereignisse im Leben einer Frau mit den Haaren an.

Sie waren nicht mehr so weich und mit den Jahren etwas welk geworden. Jean-Jacques bemängelte oft, daß sie so spröde waren. Für Claire war das lediglich ein Zeichen ihrer Reife. Sie war fast fünfunddreißig. Dennoch schien ihr, als verliefe das Leben in Zyklen, nach denen man letztlich wieder zu dem wird, der man ursprünglich gewesen ist. Man brauchte nur abzuwarten. Träumerisch sah sie in der Zukunft die Ausbrüche ihrer jugendlichen Torheit wiederkehren. In manchen Nächten träumte sie von unendlichen Reisen in gefährlichen Ländern. Sie wachte dann schweißtriefend auf, mitten im Flug, der durch turbulente Strömungen hindurchführte, um sie herum ruckelte alles, die Fluggäste kreischten und wähnten sich dem Tod nahe. Claire hatte schreckliche Flugangst. Die Leute fanden das oft amüsant. Aber Claire konnte nichts Amüsantes daran finden, am Flughafen in Roissy zu arbeiten und Flugangst zu haben. Das war eher ein unglücklicher Zufall.

Die Kosmetikfirma, bei der Claire angestellt war, hatte in Roissy eine Parfümerie eröffnet. Man hatte sie darum gebeten, die Leitung zu übernehmen. Also nahm sie jeden Tag mit den Touristen die Schnellbahn zum Flughafen. Man stellte ihr Fragen, und sie hatte immer eine Antwort parat. Sie wußte, ob Air Gabon oder Iberia von Terminal 1 oder von Terminal 2 abflogen. Manchmal kannte sie sogar die Abflugzeiten. Sie dachte an Ouagadougou, wenn sie durch Saint-Denis fuhr. Ein komisches Gefühl war das, mit all diesen Leuten, die auf dem Weg in den Urlaub waren, zur Arbeit zu fahren. Am Abend würde sie sie nicht wiedersehen. Es gab gar keinen richtigen Alltagstrott. Ein feiner Unterschied zeichnete den öffentlichen Nahverkehr, der der urbanen Einsamkeit und dem Griesgram so zuträglich ist, auf dieser Strecke aus.

Es war wie ein kleiner Tapetenwechsel.

Und man konnte sich in seinen Gewohnheiten mit Leichtigkeit wie ein Tourist fühlen.

Der Flughafen von Roissy war ein einmaliger Ort. Einer Stadt ähnlich, nichts außen herum, reines *no man's land*, auf das sich alles projizieren ließ. Männer glauben, sich auf Flughäfen alles erlauben zu können. In Paris kam es sehr selten vor, daß ein Mann sie verführen wollte. Seitdem sie in Roissy arbeitete, verging kein Tag, ohne daß man ihr eindeutige Angebote machte. Flugkapitäne, selbstbewußte Geschäftsmänner, aufgeregte Fremde, all diese Männer wollten mit ihr schlafen. Claire sah die Annäherungen als grobschlächtige Belästigungen an, die ihr unerträglich waren; genaugenommen war es die Selbstsicherheit der meisten Männer, die ihr unerträglich war. Auf fremdem Terrain ließen sie ihrer viehischen Natur erst freien Lauf (*air-porcs*, dachte sie sich). Claire hatte in diesem mißlichen Umfeld eine unglaubliche Gefühlskälte entwickelt. Manche Angestellte, die sie um ihre allerdings nicht sehr extravagante Schönheit beneideten, hielten sie für eine hochnäsige Frau, die sich in die Lüfte der Herablassung aufschwang.

Es war schon vorgekommen, daß sie sich vorstellte, was passieren würde, wenn sie sich verführen ließe. Sie war nicht unempfänglich für all diese Männer. Die Schäbigkeit des Ortes und der herbe Mangel an Originalität waren erdrückend, aber manche Männer waren durchaus verführerisch. Was wäre dabeigewesen, sich nur einen Augenblick lang hinreißen zu lassen und sich gewiß etwas länger gehenzulassen? Mit ihrem Mann hatte sie fast keinen Sex mehr, und wenn sie welchen hatte, war der Ablauf mechanisch. Es war wie bei einem nicht sehr leistungsstarken Unternehmen, das Bestände auslagerte. Trotzdem war ihr nicht, als stecke sie in der Haut einer Frau, die ihren Mann betrügt. Die Liebe war für sie in eine Geschichte eingebettet, und Kurzgeschichten interessierten sie nicht. Geschichten von purer Fleischeslust fand sie entwürdigend; oder sie lagen ihr vielmehr fern. Ihre eigene Lust war ihr immer wie eine langsame Überlegung erschienen. Letzten Endes konnte sie so gut wie unmöglich herausfinden, wonach sie sich wirklich sehnte. Sie wünschte sich nicht unbedingt ein Abenteuer herbei. Daß der Zauber der Anfänge mit Jean-Jacques zurückkommen würde, schien ihr unwahrscheinlich.

Was blieb dann noch? Eine Art sauerstoffverarmte Atmosphäre. Ihr Liebesleben war ein *no man's land*, ihr Liebesleben war wie Roissy.

Wenn der Zweifel sie befiel, flüchtete sich Claire in die Erinnerung an die Reise nach Genf, eine magische Woche ganz am Anfang ihrer Liebesgeschichte. Einige Zeit zuvor hatte ein verblüffendes Detail ihre Bekanntschaft mit Jean-Jacques geprägt. Sie lasen beide *Die Schöne des Herrn* von Albert Cohen und waren beide praktisch auf der gleichen Seite. Sie hatten ihre Bücher getauscht und im Buch des anderen zu Ende gelesen. Sie hatten sich geküßt, bevor die Liebenden Selbstmord begingen. Auf der Pilgerfahrt nach Genf hatten sie festgestellt, daß das Ritz aus dem Roman gar nicht existiert. Vor allem hatten sie auf dieser Reise die romantischen und romanesken Helden gespielt. Auf diesem Gaukelspiel läßt sich ja immerhin eine Familie gründen.

Claire fand, daß sich ihre Beziehung zu einem Schweizer Uhrwerk entwickelt hatte. Am Abend kam Jean-Jacques genau drei Minuten vor zwanzig Uhr nach Hause. Sie fragte sich, ob diese Pedanterie Absicht war. Sie stellte sich vor, wie er an den Tagen, an denen er seiner Zeit voraus war, im Bistro an der Ecke ein Bier trank. Sie saß mit dem Rücken zur Tür. Sie wußte schon, wie er sich verhalten würde, welche Wörter er sagen würde. Er lächelte sie stets an. Sie hätte gewollt, daß er sie berührte und zärtlich durch ihr Haar striche, und sei es nur flüchtig. Seit kurzem fehlte dieser Abfolge das Natürliche. Wenn sie an diese Sendung über die Agenturen für Alibis zurückdachte, die sie vor einigen Monaten gesehen hatte, wurde einiges an Jean-Jacques' Benehmen klar. Als er die ersten Briefe erhalten hatte, in denen er zu feierlichen Eröffnungen von Banken eingeladen wurde, er, der zuvor nur Werbeprospekte erhalten hatte, war Claire dieser postalische Aufruhr fragwürdig erschienen. Der Zeitplan ihres Mannes war nun abseits der vorgeschriebenen Bahnen des Ehelebens äußerst genau kalkuliert. Wozu konnten diese Agenturen einem Mann wie ihm nütze sein? Einem nicht sehr mondänen, festgefahrenen Typen, der Unvorhergesehenes nicht vertrug.

Aus Gründen der Ökonomie bediente sich Jean-Jacques unter anderem des guten alten Rezepts des Arbeitskollegen in Not. Der Rückgriff auf alte Hausmittel verspricht eben die besten Alibis. Leider fehlte ihm auf dem Gebiet der Hinterlist die leidliche Erfahrung, und so brachte er selbst Licht in die Angelegenheit. Zum Beispiel legte er an Abenden, an denen er noch einmal wegmußte, seine Krawatte nicht ab. Er vergaß schlicht ein winziges Detail: daß das seit sechs Jahren das erste war, was er jeden Abend machte. Noch bevor ihr Mann sein Alibi vorbrachte, konnte Claire ahnen, daß er noch einmal ausgehen sollte. Eine andere verwirrende Begebenheit: Eines Abends, sie war in der Küche beschäftigt, hatte er vorgegeben, nicht ans Telefon gehen zu können, als dieses geklingelt hatte. Er war so in die Redaktion eines megawichtigen Dossiers für eine megawichtige Versammlung betreffs des megawichtigen Dossiers vertieft, daß ihn das Läuten hätte ins Schwitzen bringen müssen. Claire hatte den Hörer ans Ohr geführt und ergeben der Partitur des Kollegen gelauscht, der schnellstens Hilfe brauchte, sonst würde er sich wohl unter einem Stapel Unterlagen umbringen. Jean-Jacques hatte sich sofort erhoben, mit übertriebener Leidensmiene. Er glich einem Soldaten, den die Pflicht ruft. Auf der Treppe hatte er seine Frau dramatisch-frontal geküßt, bevor er sich an eine andere Front begab. (Er kämpfte an allen Fronten, könnte man wahrscheinlich sagen.) Dies eine Mal hatte Claire ein Lachen nicht unterdrücken können.

Man mag den Elefanten, der uns den Floh ins Ohr setzt, lieber als den Floh, der uns den Elefanten ins Ohr setzt. In anderen Worten: Man verzeiht schlechten Schwindlern leichter. Denen, die unwillentlich mit dem Zaunpfahl winken. Claire fand das Verhalten ihres Mannes fast rührend. Sein Organisationsumfang und der Aufwand an Energie, den er betrieb, um taktvoll zu erscheinen, riefen ihr ins Gedächtnis, wie rücksichtsvoll und zuvorkommend er war, Eigenschaften, die sie an ihm immer geliebt hatte. Die Sache ging ihr vor allem angesichts der Gewißheit, daß er sie betrog, nicht besonders zu Herzen. Eine Freundin, der sie sich anvertraut hatte, stellte unwiderruflich fest: Ihr Mangel an Eifersucht war der Beweis ihres Mangels an Liebe. Sabines Feststellungen waren immer unwiderruflich und immer falsch. Denn Claire hing sehr wohl an Jean-Jacques, auf eine andere Art, doch auf die Art kam es schließlich nicht so an. Nach acht Jahren, konnte sie es ihm da wirklich übelnehmen? Sie hatte ja selbst schon daran gedacht, ihn zu betrügen. Seine Unbeholfenheit beruhigte sie noch unter einem anderen wichtigen Aspekt: Es war sicher das erste Mal. Und sie hatte recht. Manchmal packte sie der

Wunsch, ihn in die Arme zu nehmen, ihm zu sagen, daß sie ihn liebte, daß sie alles wußte und daß das alles gar nicht schlimm sei.

*

Der Antrieb zu jeglichem technologischen Fortschritt ist der Ehebruch: Internet, Handy und SMS wurden einzig und allein erschaffen, damit alle Liebespärchen mit Leichtigkeit in verschiedenen Parallelwelten leben können. Die Zeiten der strafrechtlichen Verfolgung sind vorbei, die Gesellschaft hat sich freundlicherweise so eingerichtet, daß sie unseren Vergnügungen mit Diskretion begegnet (herzlichen Dank). Das Terrain der Treue wird derart angebaggert, daß sich in Liebesverhältnissen nicht mehr die Frage stellt, ob der andere einen betrügt, sondern nur noch, mit wem.

*

Jeden Morgen kam Claire am Detektivbüro Dubrove[*] vorbei, das gleich unten im Haus war. Eines Tages entschloß sie sich hineinzugehen. Im Eingangsbereich schien sich alles überlebt zu haben, das Gesicht der Concierge, das nach Juli 1942 aussah, eingeschlossen. Sie zog immer den Vorhang ihrer Loge zur Seite, wenn ihr fremde oder zögerliche Schritte zu Ohren kamen. Claire waren ihre eindringlichen Blicke peinlich, und sie beeilte sich, die Treppen hinaufzukommen. Nachdem sie einige Minuten vor einer Sekretärin, die das Gesicht einer Sekretärin hatte, gesessen und sich geduldet

---

[*] *Ein Familienbetrieb seit Generationen, gegründet 1997.*

hatte, empfing sie der Patron. Sicher hatte er sie warten lassen, um nicht einen komplett untätigen Eindruck zu machen. Vielleicht war er auch vor der Tür auf- und abgelaufen, denn er schien ein bißchen zu schwitzen. Er bezog hinter ihr seine Stellung, um ihre Beinbewegungen zu betrachten (er gehörte nicht zu der Sorte von Männern, die bei Frauen gleich auf den Hintern schauen). Dann hob er den Kopf.

«Der Rauch stört Sie hoffentlich nicht?» fragte er in einem Tonfall, an dem er feilte, damit er rauh und zugleich warm, eindrucksvoll und zugleich beruhigend klang. Dominique Dubrove bemühte sich, den Vorstellungen von seinem Gewerbe zu entsprechen, und zündete sich in Gegenwart seiner Klienten immer eine dominikanische Zigarre an. Claire sah sich also einem schlechtrasierten Mann in zerschlissenen Kleidern gegenüber, der an seinem Schreibtisch versunken saß, welcher in einem künstlichen Dämmerlicht dahinsiechte.

«Darf ich Ihnen einen Whisky anbieten?»

Der Ort erschien ihr unheimlich, aber genauso hatte sie sich das auch vorgestellt. Nach einem recht kurzen Schweigen erläuterte sie rasch die Lage. Dubrove präsentierte ihr seine Karteikarten mit den Bildern und Tarifen der Ermittler. Jemanden verfolgen zu lassen (also jemanden dazu zu bringen, eine Straße entlangzulaufen) kostete fünf- bis zehnmal soviel, wie einen Kurs in Quantenphysik zu belegen. Diese Logik ging ihr nicht in den Kopf. Dubrove sah ihr Zögern und fügte Ausführungen zum Risikofaktor des Berufs an. Er hätte liebend gern eine Träne vergossen und die zerstückelte Leiche eines seiner Neffen erwähnt, die auf dem Grund der Seine gefunden worden war; doch leider war der einzige Schaden, zu dem er gekommen war, das verstauchte Handgelenk seines Schwiegersohns, der bei Pigalle einem sexshopsüchtigen Mann folgte. Am Ende philosophierte er über den unschätzbaren Wert der Verschwiegenheit. Claire blätterte die Karteikarten durch, bei der von Igor hielt sie verdutzt inne. Sie unterbrach Dubrove in seinem kaufmännischen Eifer:

«Warum ist dieser Ermittler so günstig?»

Der Stundensatz von Igor war tatsächlich fünf- bis siebenmal niedriger als der der anderen. Claire fragte, ob das ein Anfänger sei, ein Praktikant, oder ob der Ermittler nie ein Rätsel löste und ob daher sein Kurs wie bei einem börsennotierten Unternehmen jämmerlich gefallen sei. Irgend etwas an seinem Gesicht weckte nämlich ihre Neugier, sie wußte nicht genau, was. Dubrove schien ziemlich verlegen zu werden, aber die Sache war so: Igor war sein Neffe, der einfach aus dem Grund dem Betrieb angehörte, weil er zur Familie gehörte. Er war ein reizender Junge, gespickt mit Vorzügen, wie man so schön sagt, jedoch …

«Wollen Sie es mir nicht sagen?» wiederholte Claire.

Dubrove drückte seine Zigarre aus. Er streckte sich zum Ohr seiner neuen Klientin vor. Sie begriff, daß er flüstern wollte. Es gab ein Geheimnis, das sicherlich noch kostbarer als Igor war, ein Geheimnis, das man nicht ausplaudern durfte, um dem Ruf des Unternehmens nicht zu schaden. Claire hörte gut zu, zog die Augenbrauen hoch und deutete dann ein Lächeln an.

«Genau diesen Detektiv will ich haben», sagte sie mit fester Stimme.

III

Sonia war seit ihrer ersten Stunde im Unternehmen das Ziel aller Blicke gewesen. In den Jahren ihres betriebswirtschaftlichen Studiums, in denen weibliche Exemplare in den Hörsälen der Universität vor Seltenheit zu ersticken drohten, hatten die Finanzexperten eine Neigung entpuppt, ihre Begierden auf etwas unflätige Weise kundzutun. Das war nicht unbedingt unangenehm, doch Sonia wurde dieser ausufernden Bekundungen recht schnell überdrüssig. Sie erfand einen Verlobten, aber das war nicht genug. Ein Mann ist für einen anderen Mann eben immer eine Maginot-Linie. Für den nächsten Sommer dachte sie sich also ein Verlöbnis aus. Das offizielle Ambiente des Worts «Verlöbnis» gab den Ausschlag dafür, daß man sie in der Folge in die deprimierende Kategorie der schon vergebenen Frauen einordnete. Die Stürme der Verführung zerschellten an ihr wie Wellen an einem verheirateten Fels. Die meisten Männer waren weiter nett zu ihr (sie hatte das Gegenteil befürchtet), manche wurden sogar noch netter. Sonia verstand: Die Unfähigkeit der Männer, sie zu verführen, wurde in dem Augenblick für rechtmäßig erklärt, da sie erfuhren, daß sie bereits verlobt war. Keiner war also beleidigt, weil er nicht der Erwählte war. Es waren alle erleichtert.

Alle außer einem.

Jean-Jacques hatte sich in den ersten Tagen an der jungen und hübschen Praktikantin uninteressiert gegeben. Ungewollt hatte er sich dadurch auf brillante Weise profiliert. Sonia war überrascht gewesen, nicht weil er sich nicht für sie interessierte, denn das war nicht wirklich der Fall, sondern weil er sich unbehaglich zu fühlen schien. Wenn sie ihm über den Weg lief, spürte sie an ihm eine aufgeregte Beklemmung. Es war genau so, als ob er dazu gezwungen worden wäre, sich im Kino seinen Lieblingsfilm anzusehen. Wenn Jean-Jacques Sonia begegnete, schielte er ihr nicht selten nach. Was andere Männer als Hinundhergerissensein des Bewußtseins erlebten, machte er physisch durch. Sein linkes Auge wollte Sonia sehen, und sein rechtes Auge wollte sie nicht sehen. Da sein Gesicht aber ein kleiner 10. Mai 1981 war, setzte sich sein linkes Auge immer durch. Als er hörte, daß Sonia einen Verlobten hatte, gönnte er sich ein nervöses Lachen. Es war ihm so vorgekommen, als hätte sie ihn gern gemocht. Dieses Gefühl war so unbestimmt, wie eine merkwürdige Hingezogenheit sein kann. Aber nein, er hatte diese Hingezogenheit nicht geträumt. Immer wenn Édouard einen belanglosen Aperitif arrangiert hatte, immer wenn Jean-Jacques danach in sein Büro zurückgekehrt war, hatte er den Eindruck gehabt, daß sie ihn mit Blicken zurückzuhalten versucht hatte. Eine schnelle, in ihrer weiblichen Wirksamkeit fast absurde Kopfbewegung zu ihm hin. Sie war nicht unempfänglich. Frauen verdrehen nie den Kopf, wenn nicht ein Gedanke dahintersteckt.

*

Jean-Jacques war also ein charmanter Waschlappen. Um eine Frau zu verführen, brauchte er sich nicht darum zu bemühen, sein ruhiges Leben aufregend zu gestalten. Er war dadurch, daß er seine Schwäche unbesorgt entfaltete, verführerisch geworden. Vielleicht werden einem die Qualitäten des Verführers genau in dem Moment zuteil, in dem allein der Gedanke an die Verführung so abwegig erscheint wie der, nach Toulon umzuziehen.

*

Ohne die Inanspruchnahme eines Beraters, der sich fürs Nichtstun üppig bezahlen ließ, hätte Jean-Jacques nicht eines Tages Zugang zu Sonias Schönheit finden können. Niemand auf dieser Erde ist also wirklich unnütz, und selbst diejenigen unter uns, die am wenigsten zu etwas nütze sind, dürfen denken, daß irgendwo sich Liebende aufgrund ihrer Unfähigkeit küssen. Dieser Berater also, der nicht mehr wußte, was er dem Chef noch raten könnte, schlug zu verfügen vor, daß freitags von nun an in lässiger Kleidung zur Arbeit zu kommen sei. Es gab bereits viele Unternehmen, die so einen spaßgesellschaftlichen Kollektivbetrug praktizierten. Der Chef in seinem Büro im Erdgeschoß schien von der Idee entzückt zu sein und verkündete den Beschluß, so wie man eine Gehaltserhöhung für alle verkündet. Der absurde Brauch war Jean-Jacques bald auf die Nerven gefallen. Er hatte hart darum gekämpft, eine verantwortungsvolle Position bekleiden zu dürfen. Er sah nicht ein, warum er, der gut verdiente, unter dem Deckmantel der Lässigkeit sich anziehen sollte wie ein Teenager. Dieser Wirrwarr der Erscheinungsbilder versetzte ihn in die ungewisse Zeit zurück, in der er seinen Platz in der Gesellschaft noch nicht gefunden hatte. Es war, als fände er sich freitags in einem zeitlich befristeten Arbeitsverhältnis wieder. Jean-Jacques verließ freitags nicht sein Büro, einfach weil er keine Krawatte trug. In den seltenen Fällen, in denen er Sonia um etwas bitten mußte, stand er auf und ging zu ihr hinüber. Sein Denken war nie ein hierarchisches gewesen. Normalerweise kochte er seinen Kaffee selber und setzte sich in Bewegung, wenn er mit jemandem, auch mit dem niederen Personal, das an den Wolken kratzte, sprechen mußte. An den Freitagen verhielt sich die Sache jedoch anders: Da wagte er es, Sonia zu rufen. Und ebendiese Verkettung der Ereignisse, von der Fühllosigkeit eines Beraters bis zu den Beklemmungen eines krawattenlosen Angestellten, offenbarte die Verwirrung der Sinne.

Wollen wir es klarer ausdrücken:

«Sie brauchen mich?» hatte Sonia gefragt, ohne dabei sein Büro zu betreten. Und genau diese weibliche Positionierung zwischen innen und außen hatte die Geburt der Verwirrung eingeleitet. Sie hatte sein Büro nicht betreten, aber man konnte ebensowenig behaupten, sie wäre draußen stehengeblieben. Sie stand im Türspalt, und Frauen, die unentschieden zwischen Tür und Angel stehen, betonen ihre Sinnlichkeit. Die geographische Instabilität regt unwillentlich zu Träumen von Abenteuern an. Daher war Jean-Jacques aus dem Gleichgewicht geraten. Was als schlichte Hingezogenheit begonnen hatte, war zu einem nicht zu unterdrückenden Verlangen herangewachsen. Etliche Male hatte er es sich gestattet, sie zu rufen, einfach so. Um ihre nomadischen Qualitäten zu prüfen. Ihre Art, das Büro nicht zu betreten, schuf fast ein Klima des Ehebruchs. Sie unterhielt zu Türen ein äußerst erotisches Verhältnis.

Unter vier Augen aßen Jean-Jacques und Édouard Mittag. Letzterer bestellte Champagner, um die Nachricht feierlich zu begehen. Endlich würden sie sich über Frauen unterhalten, das Thema, das Männerfreundschaften zementiert. Als Elefant in Frauenangelegenheiten wollte Édouard die Sache für seinen Freund anleiern. Aber Jean-Jacques überzeugte ihn vom Gegenteil. Er brauchte nur Rat. Édouard, der seine Zeit damit zubrachte, alle möglichen Frauen zu verführen, sollte doch Kniffe kennen, um zu den weiblichen Mechanismen vorzustoßen. Édouard fühlte sich geschmeichelt. Er bekräftigte zunächst, daß er an Sonia eine Erregung ausgemacht habe. Wenn die Zuneigung gegenseitig sei, sei die Schlacht großteils gewonnen. Sein Wortschatz sollte kriegerisch sein oder zugrunde gehen. Sehr schnell kam der Haken an der Sache zur Sprache, denn es gab einen Haken: Sonia war verlobt. Doch Édouard stellte eine Theorie auf:

«Ja, aber du, du bist verheiratet!»

«Was soll das heißen?»

«Wenn beide in festen Händen sind, dann hebt sich das auf. Das ist wie mit den Minuszeichen. Es ist gerade so, als wärt ihr beide alleinstehend.»

«Ach so?»

«Ja, die Statistiken belegen das. Verheiratete machen die meisten Seitensprünge.»

«...»

Es gibt Leute, die unsere Unfähigkeit zur Treue auf ein theoretisches Fundament stellen, dachte Jean-Jacques. Das Gespräch regte ihn wirklich nicht an. Im Gegensatz zu seinem Freund sah er keinerlei Notwendigkeit, über ihre Sehnsüchte zu sprechen. Über Frauen zu reden lief für ihn darauf hinaus, ihre Schönheit herabzuwürdigen. Er wollte die ganze Sonia in sich tragen, mit Erwähnungen von ihr knauserig verfahren und sie in der Schweizer Bank seiner Gefühle in den Schlaf wiegen.

Keiner von beiden gedachte den ersten Schritt zu tun. All seine Jugendjahre hindurch hatte Jean-Jacques nie die leiseste Hemmung gehabt, Frauen anzusprechen. Die Unbeholfenheit war mit der Heirat gekommen. Mit den Jahren, mit denen man aus dem Kreislauf der Sinne austritt. Zu verführen vergißt man so schnell. Über die mangelnde Selbstverwirklichung hinaus hatte die Heirat seine verbale Ausdrucksfähigkeit verkümmern lassen. Bis zu dem Tag, an dem er plötzlich, gelenkt von einem sonderbaren und russischen Trieb, einen ungestümen Schritt auf Sonia zu machte. Und sie roh zur Rede stellte.

«Aha, Sie sind also verlobt?»

«Nein, das war gelogen», antwortete sie sofort.

Am gleichen Abend gingen sie Seite an Seite eine bedeutungslose Straße entlang.

Sonia dachte unkompliziert: «Der Mann gefällt mir.» Mehr wollte sie darüber gar nicht wissen. Hingezogenheit ist dämlich. Jean-Jacques sah unglaublich nach verheiratetem Mann aus; man hätte gar meinen können, daß er verheiratet geboren wurde. Nicht, daß er von seiner Frau und von seiner Tochter redete wie jene lächerlichen Typen, die glauben, daß die Mitgift ihres Familienglücks depressive Mädchen in Erregung versetzt. Vielleicht war es seine Art, sie anzusehen, die sie an ihm liebte. Mit faszinierter Hochachtung. Er gab sich mit flüchtigen Spaziergängen zufrieden. Es handelte sich um eine Latenzperiode, und diese Periode hätte lange dauern können. Wenn das Verlangen zweier Menschen nacheinander so stark ist, kann es zu einer merkwürdigen Abnahme der Erregung kommen. Die Schatten der Liebe verblassen leicht, wenn die potentiellen Liebenden von ihrer Lust erdrückt werden. Endlich machte Sonia einen Vorschlag:

«Am besten schlafen wir recht schnell miteinander. Wenn wir das einmal gemacht haben, sind wir entspannter.»

«...»

Er erklärte sich mit dem Vorschlag einverstanden. Sie sagte, sie wohne auf einem Boulevard, der den Namen eines großen venezolanischen Widerstandskämpfers trug. Aber Jean-Jacques, der total fieberhaft war und sich so gar nicht wie ein Widerstandskämpfer fühlte, schlug vor, sich am nächsten Abend im Hotel zu treffen.

Von dem Moment an, in dem er sich in den Blicken einer Frau begehrt gefühlt hatte, hatte er sich gemüht, in seinem vollen Glanz zu erstrahlen. Er begann Treppen zu steigen und in seinem Büro sechsmal täglich zwanzig Liegestütze am Stück zu machen. Die Schauer seiner Jugend überliefen ihn. Beim Anblick von Sonias nacktem Körper (sie hatte sich sehr schnell ausgezogen) wurde er von den gleichen naiven Glücksgefühlen erfaßt wie bei seinen ersten Wallungen. In seinem Kopf weilte ein syntaktischer Wust. Subjekt, Prädikat und Objekt. Sonia war blond. Sonia war schön. Sonia hatte Ohren. Alles schien einfach. Acht Jahre war es her, daß er den Anblick eines fremden nackten Frauenkörpers genossen hatte, acht Jahre hatte er keine weibliche Schulter und keinen Bauch entblättert, kein weibliches Knie und keine Hüfte. Er war Christoph Kolumbus. Sonias Körper war, nach Jahren der Monogamie und der Verkümmerung der Sinne, sein Amerika.

Und beim Anblick von Amerika kommt man sich ja immer etwas klein vor.

*

Nach dem Liebesspiel rauchten sie eine Zigarette. Und nachdem sie eine Zigarette geraucht hatten, spielten sie ein Liebesspiel.

*

Mit dem Schweiß vergingen auch die Tage. Diese Liebe bedurfte der Planung. Der Ehebruch hat nie etwas Romantisches. Unweit des Büros gab es ein nicht sehr sauberes, aber recht diskretes Hotel (rechtmäßige Paare suchen nach einiger Zeit genau das Gegenteil). Der Portier machte einen seriösen Eindruck und hatte mehrmals so getan, als würde er sie nicht wiedererkennen, um ihnen einen guten Teil ihrer Befangenheit abzunehmen. Unter diesen Umständen, das heißt mit einem Portier, der an Gedächtnisschwund leidet, fühlt man sich zu jedem Zeitpunkt besser. Jean-Jacques beschloß schließlich, das Zimmer gleich monatsweise zu mieten, was der Situation eine Art Stabilität verlieh. Manchmal blieb Sonia abends allein dort; «um im Schlaf von deinem Geruch umgeben zu sein», wie sie sagte. Das war etwas, das sich Jean-Jacques zu verstehen weigerte. In seiner Trunkenheit vom plötzlichen Glück hatte er jedoch ein paar von seinen humoristischen Fähigkeiten wiedergefunden und so geantwortet:

«Ich hoffe, mein Geruch schnarcht nicht ...»

Mit seiner Frau hatte er ein solches Maß an Lyrik seit dem 12. November 1998 nicht erreicht.

Wenn die Anfänge eines Seitensprungs elektrisierend wirken, so erzeugen sie doch eine schreckliche Anspannung. Ein Mann, der seine Frau betrügt (ein Mann wie Jean-Jacques, versteht sich), gleicht nämlich einem Mann, der fortwährend aus einem Sexshop herauskommt. Unbehaglich, wie ihm zumute ist, redet er sich ein, daß die ganze Welt da draußen ihn anstarrt. In den ersten Tagen mit Sonia herrschte demnach, vom Glück einmal abgesehen, ein hohes Geschwürpotential. Zahlreiche Vorsichtsmaßnahmen mußten getroffen werden. Jean-Jacques machte Umwege und schlug Sonia Abstecher in enge Gassen vor, nur um ihr einen Augenblick zärtlich durchs Haar streichen zu können. Wenn sie vor Zeugen dicht aneinander vorbeigingen, sonderte er dicke Schweißtropfen ab. Sonia fand, daß er Paranoia hatte. Sie konnte sich freilich nicht vorstellen, daß die Paranoia ihres Liebhabers begründet war, als er ja tatsächlich von Igor bespitzelt wurde. Der Ermittler hatte vor mehreren Tagen seinen Auftrag in Angriff genommen. Bedauerlich für den jungen Igor war, daß er an einen megabesorgten Mann geraten war, der, sobald er in Begleitung seiner Geliebten war, sich unaufhörlich umdrehte und übermäßig den Nacken umherschwenkte. Der Auftrag war daher ein bißchen komplexer. Igors Plan B war, seinen Klienten aus größerer Entfernung zu beschatten. Er konnte ihn so leichter aus den Augen verlieren, aber das war weniger risikoreich. Jean-Jacques bemerkte den mit seiner Überwachung betrauten Detektiv nicht, und nach einiger Zeit ließ die Wachsamkeit nach. Die ständigen Umwege hatten ihn mürbe gemacht, und er strich nun in aller Öffentlichkeit zärtlich durch Sonias Haar.

Jean-Jacques stellte sich Fragen: Wie hatte er so lange auf sinnliche Genüsse verzichten können? Der Gedanke an das Liebespiel mit Sonia war zu seinem Lebensinhalt geworden. Alles andere war Warten zwischen zwei Genüssen. Er mochte es, wenn sie bei der Liebe ihren Schlüpfer anbehielt. Von ihren Brüsten küßte er vorerst nur die linke; die rechte fühlte sich seit Wochen vernachlässigt und ahnte nicht, daß es sich um eine routinemäßige Erniedrigungsstrategie handelte. Jean-Jacques wollte sich Parzellen von Sonia für später aufheben, auf daß die Entdeckungsreise, die dem Gipfel der Genüsse gleichkam, länger und länger andauern würde, als ob man angesichts der Stumpfsinnigkeit des Liebeslebens, des potentiellen Überdrusses, eine List anwenden müsse.

Er mochte diesen Tag, an dem sie aus ihrem Reisenecessaire einen kleinen Spiegel gezogen hatte, um ihre Haare wieder in Ordnung zu bringen und um das Leben ihrer Kapillaren zu verjüngen. Als sie von einem Schauer erfaßt wurde, ließ sie den Spiegel los, der gleich zerbrach. Sie drehte sich um und lächelte:

«Oh! Sieben glückliche Jahre!»

Ihre so unbeschwerte, so freudige, so sanfte, so freundliche, so zarte, so lebensbejahende, so ergreifende, so geistige, so rebellische, so bedeutende Art machte Jean-Jacques wahnsinnig. Er nahm diesen Augenblick, den er gerade durchlebte, samt all der Zähflüssigkeit der Zeit wahr. Er wollte ihn wieder und wieder durchleben und dann noch ein paar Mal. Es stand nicht in seinen Kräften, ihr einen Kuß zu geben oder einen Liebesakt zu vollführen. Er war glücklich, wie er es seit Genf nie mehr gewesen war. Das hier war ein neues Genf. Und mit nichts konnte man ihm einen größeren Schrecken einjagen. Eine fürchterliche Zukunftsvision wurde auf seine innere Leinwand projiziert, undeutliche Schatten zeichneten sich ab. Keiner wußte, was im Glücksfall zu unternehmen ist. Für den Todesfall, für das Auto und für den Todesfall im Auto konnte man Versicherungen abschließen. Aber wer beschützt einen vorm Glück? Er hatte gerade begriffen, daß das Glück, wenn es so groß wurde, das Schlimmste war, was ihm passieren konnte.

IV

Jean-Jacques' Eltern waren bei einem Autounfall ums Leben gekommen. Die Heftigkeit der Situation hatte ihn in einer Haltung der Entwurzelung erstarren lassen. Logischerweise hatte er darauf gehofft, eine Familie in der von Claire wiederzufinden. Mehr noch, bei René und Renée sollte er vielleicht wieder Sohn sein dürfen. Insofern war seine anfängliche Lust, sie zu mögen, verständlich. Jedoch reicht es oft aus, eine winzige Bagatelle abzuwarten, damit sich das Ganze als Enttäuschung herausstellt. Drei Minuten nachdem er sie kennengelernt hatte, war Jean-Jacques klargeworden, daß seine künftigen Schwiegereltern lediglich ein Quell lächerlicher Sorgen sein würden. Sorgen, die er jeden Sonntagmittag im Rahmen eines Rituals ertragen mußte, das so unveränderlich war wie die aufgehende Schönheit von Frauen an den ersten Sonnentagen. Sehr bald versuchte Jean-Jacques, sich den Mittagessen in dem Haus in Marnes-la-Coquette* zu entziehen, aber Claire bat ihn flehentlich, diesen Sonntag, dann nächsten Sonntag, schließlich jeden Sonntag mitzukommen. Er hatte keine andere Wahl, als sich von seiner Frau erpressen zu lassen, die sich ihrerseits von ihren Eltern erpressen ließ. Bei den drei Malen in acht Jahren, die sie nicht hatten kommen können, hatten sie

---

* *Das Haus war groß und hatte einen großen Garten, im Hintergrund verknüpfte eine Hängematte zwei Bäume.*

schriftliche Belege vorlegen müssen. Nun, da Jean-Jacques die Dienste einer Agentur für Alibis in Anspruch nahm, hatte er kurz daran gedacht, Claire davon zu erzählen, bevor er es sich gleich anders überlegte. Die Sache konnte leicht zu gefährlich werden. Man konnte in einer Woche nicht zu viele Alibis haben, ohne Gefahr zu laufen, sich im Terminkalenderschwindel vollständig in Luft aufzulösen.

An diesen Sonntagen wohnte man den sich wiederholenden Monologen der alten Leute bei. Mit der Langsamkeit einer Prozession unter der Sonne rangen die Minuten mit ihrem Tod. Claire lächelte immer und versprühte die Illusion ihrer blendenden Verfassung. Die Mutter bemühte sich dauernd, ihre Tochter herabzusetzen.

«Ah, ich sehe, du hast ein neues Kleid.»

«Ja, das habe ich mir gerade gekauft.»

Das war's, Renée gab nie zu irgend etwas einen Kommentar ab. Ihr Schweigen ließ zwangsläufig ein negatives Urteil stehen. Jedenfalls konnte Claire das gar nicht anders aufnehmen. Das Verhältnis zu ihrer Mutter war immer schlecht gewesen, ohne daß je ein Streit ausgebrochen wäre. Der latente Konflikt hatte bourgeoisen Anstand. Renée freute sich nie über das Glück ihrer Tochter, sie war eine Königin der Unterstellungen. Ein einziges Mal hatte sie ihr aufgrund ihrer Verfassung und ihres blendenden Aussehens Komplimente gemacht: als sie schwanger war.

Über alles stellte Renée jedoch in der Rangordnung ihres Grolls, was sie als ein regelrechtes Hobby bezeichnen konnte:

das Herumkritisieren an ihrem Mann. Es war eine Achse ihres vergeigten Lebens, der Refrain eines Chansons, das man unter dem Regen singt. Claire hörte das regelmäßige Gemekkere, ohne ihm noch weiter Aufmerksamkeit zu schenken. Renée ertrug Renés unbeugsame Strenge nicht. Er war ein von der Präzision besessener, pensionierter Chirurg, der seine Zeit damit verbrachte, über Handtuchfalten und den Salzgehalt des Pökels zu richten. In anderen Worten, er war so etwas wie ein Hausgeneral. Zu Zeiten seines beruflichen Ruhms, in denen man ihm aufgrund seiner Begabung soviel Anerkennung zollte, hatte er als einer der allerersten Chirurgen seine Hände versichern lassen. Über den Fall hatte in den 70er Jahren sogar die Presse berichtet. Seine Hände waren mehrere tausend Francs am Tag wert. Sie mußten daher um jeden Preis schonend behandelt werden. Renée hatte gemerkt, daß die Kostbarkeit seiner Hände ihrem Gatten ein bequemer Vorwand war, wenn es darum ging, irgendwelche Hausarbeit zu verrichten. Vor allen Dingen schützte er sie nun, da er nicht mehr operierte, weiterhin überflüssigerweise. Er behauptete, daß er im Kriegsfall an der Front gebraucht werden könnte. Und wegen der Möglichkeit eines Krieges wusch er nie ab. Permanent sonderte der Exchirurg etwas über seine sagenhaften Operationen ab, und darin lag etwas Erschütterndes. Es kam nicht selten vor, daß man mitten in der Mahlzeit zu hören bekam, daß Monsieur Dubois oder Madame Dufossé an Arterienverstopfungen gelitten hatten, die durch ein Blutgerinnsel oder durch ein mit einer gelblichen Flüssigkeit infiziertes Rippenfell verursacht worden waren. Jean-Jacques dachte an etwas anderes, um nicht zu erbrechen. Mit einem schurkischen Lächeln auf den Lippen, das diejenigen tragen, die so tun, als hörten sie zu, gelang es ihm, eine völlige Manipulation seiner Gedanken durchzuführen.

René gehörte zu der Sorte von Männern, denen man nicht zu widersprechen wagt. Er bot systematisch zum Dessert einen Sliwowitz an, der so schrecklich war, daß er Sibirien im tiefsten Winter hätte erwärmen können. Jean-Jacques hatte sich nie getraut zuzugeben, daß er den Sliwowitz nicht ausstehen konnte, ließ sich den Magen versengen und genoß aus Höflichkeit die Auslöschung seiner Gedärme. Wie kann man einem Mann irgend etwas abschlagen, wenn er schallend ausruft:

«Einen kleinen Sliwowitz, Jean-Jacques? Ich weiß, daß Sie einen mögen!»

Seit acht Jahren willigte er ein. Er hatte natürlich äußerst taktvolle Methoden des Auswurfs entwickelt. Die beste war eine kluge Drehbewegung des Kopfes, wie man sie macht, um bei einer angeblichen Pollenallergie abzuhusten. Und indem man sich wieder dem Tisch zuwendet, ist so schnell wie möglich ein ausreichend unangebrachter Satz zur Ablenkung vorzubringen. Jean-Jacques hatte ausprobiert:

«Ich glaube, die Grünen zu wählen ist Quatsch!»

Dieser Satz zeitigte eine solche Wirkung, daß man nicht selten vernahm, wie Jean-Jacques ihn wiederverwandte.

Aber diesen Sonntag war Jean-Jacques in einer derartigen Ausnahmestimmung, daß er sogar versuchen würde, seinen Sliwowitz mit Freuden hinunterzuschlürfen. Alles kam ihm berauschend vor. Nachdem ihn die ersten Schläge des Glücks getroffen hatten, war er fröhlich der Hysterie der erwachenden Liebe anheimgefallen. Dieser Art von Hysterie, die jeglichen Anstand sprengt. Sein unaufhörliches und fieberhaft erregtes Reden und die Meinungen, die er über alles mögliche und vor allem unmögliche abgab, waren von einem furchtbaren Mangel an Einsicht gezeichnet. Seine Glücksquelle konnte sich nicht in der Nähe dieses Tisches befinden: Er haßte die Sonntage bei den Schwiegereltern. Sein bemitleidenswerter Überschwang entsetzte seine Frau. Seine schwerfälligen Versuche, taktvoll zu sein, waren in unbedachte Äußerungen von Taktlosigkeit übergegangen.

Die Hammelkeule sollte den Beweis dafür liefern.

In den sonntäglichen Gepflogenheiten kam nämlich eine Hammelkeule vor. Je weiter das Alter fortschreitet, desto mehr ist man auf feste Größen angewiesen. Die Speisekarte zu verändern war vollkommen unmöglich. Man konnte vielleicht bei der Beilage mit weißen und grünen Bohnen abwechseln. Alles ist ja relativ, aber das, was nun folgte, war wie ein Schlag mit besagter Keule. Normalerweise tranchierte René das Fleisch. Doch der vom sinnlichen Glück benebelte Jean-Jacques stürzte auf die Messer zu und verkündete, daß heute er dieses Amtes walten würde. Es konnte nicht mehr lange dauern, bis seine gute Laune jenes Stadium erreichte, in dem es für die anderen deprimierend werden könnte. Louise betrachtete ihren Vater mit amüsiertem Blick. Auch Claires Eltern sahen ihn an, den Schwiegersohn, der ein bißchen den Verrückten mimte und der der Zerlegung der Hammelkeule endlich Würze verlieh. René wagte keine Beanstandungen, vor allem da sein Schwiegersohn, der seine Vorlieben in- und auswendig kannte, sich gewandt gestattete, ihn zu besänftigen:

«Ich weiß, daß Sie das halb durchgebratene Stück mögen...»

Und schon saß René vor einem tadellosen Teller und traute sich kaum, sich auf dem ihm vorbehaltenen Gebiet zu betätigen und den Rotwein einzuschenken. Die einzige, die nicht lächeln konnte, war letzten Endes Claire. Als ob die Maskerade, die zur Maskerade der Beziehung zu ihren Eltern hinzukam, eine Maskerade zuviel gewesen wäre. Sie konnte bestimmt die Geliebte ihres Mannes hinnehmen. Doch sein Ausdruck der Verzückung war eindeutig schwerer erträglich. Je länger sie das glückselige Lächeln ihres Mannes beim Schneiden der Hammelkeule beobachtete, desto leichter konnte sie sich die gedehnte Zeit vorstellen, die er sich nahm, um an den Geschlechtsteilen einer anderen Frau herumzufummeln.

V

Am darauffolgenden Samstag fühlte sich Claire ein wenig schlapp. Sie wollte allein sein. Jean-Jacques, der ihr Unbehagen spürte, versuchte es mit:

«Wir könnten heute abend essen gehen, oder? Das wär doch voll nett.»

Claire sah ihn konsterniert an. Sie wollte lieber den Gebrauch des Ausdrucks «voll nett», der sicherlich mit dem Wortschatz seiner gerade erst geschlechtsreifen Geliebten zusammenhing, aus ihrem Gedächtnis streichen. Kein Mann auf der Welt war weniger spontan als Jean-Jacques. Wenn was auch immer nicht mindestens sechs Monate vorher geplant war, dann ertrug er nicht den Gedanken daran. Er hätte sich einen Klebezettel auf die Stirn pappen und «Ich betrüge dich» darauf schreiben können, das hätte keinen Unterschied gemacht.

«Nein, ich bin müde. Wir gehen ein andermal.»

«Wunderbar, Schatz.»

In dem Moment, in dem er versuchte, sie zu küssen, wandte sie den Kopf ab. Zum ersten Mal verachtete sie ihn. Nach eherner Tradition macht die Schuld den Mann ohne Format liebevoller. Die Agentur für Alibis hatte sie fast niedlich gefunden, aber diese zur Schau gestellte Verzückung (beim Tranchieren der Hammelkeule vor sechs Tagen hatte er quasi gegluckst) war ihr schrecklich lästig. Sie legte sich ins Bett. Ein unsinniger Gedanke streifte sie: «Es ist ihm alles so peinlich, daß er fähig ist, mir eine Partie Scrabble vorzuschlagen.» Genau in diesem Augenblick öffnete Jean-Jacques einen Spalt weit die Tür:

«Wir könnten vielleicht eine kleine Partie Scrabble spielen?»

«...»

«Ich sag bloß ... einfach so ... weil du das früher so gemocht hast ... Samstagabend, wenn wir nicht weggegangen sind...»

«...»

«Na gut, ruh dich nur aus.»

Sie konnte es nicht fassen.

Im Dunkeln dachte Claire an Igor. Das Treffen hatte einen starken Eindruck bei ihr hinterlassen. Er gehörte überhaupt nicht zu der Sorte Männern, von der sie glaubte durcheinandergebracht werden zu können, aber dennoch war er ihr intuitiv zu Herzen gegangen. Eigentlich war es mit ziemlicher Sicherheit nicht wirklich so passiert. Igor hatte, ungeachtet all seiner Vorzüge, einen Vorzug, der größer war als all seine Vorzüge und für den er nichts konnte: *den Vorzug des rechten Moments*.

Es gibt großartige Menschen, die man im Leben zum falschen Zeitpunkt trifft.

Und es gibt Menschen, die großartig sind, weil man sie im rechten Moment trifft.

Igors Tarif war also niedriger als der der anderen Detektive. Seine Eigenheit, die man als Makel für das Geschäft betrachtete, war die Schüchternheit. Igor war krankhaft schüchtern. Es kam häufig vor, daß er eine Verfolgung aufgab, wenn er ein öffentliches Gebäude betreten mußte. Und es kam vor allen Dingen vor, daß er unfähig war, einen Zeugen zu befragen, und in dem Moment, in dem er eine Information hätte einholen sollen, stockte, stammelte und rot wurde. Claire hatte über die ersten Berichte, die Igor ihr erstattete, gelächelt. Sie verbarg ihre Frustration angesichts der unfertigen Zusammenfassungen des Zeitplans ihres Mannes. Schließlich hatte sie sich ja einen schüchternen Detektiv ausgesucht. Wohl weil sie eine poetische Vorstellung gehabt hatte. Igor wollte Claires Wartezeit verkürzen, gab sich aber zugleich seinem unprofessionellen Verlangen danach hin, die Angelegenheit möge sich hinziehen. Die Momente, in denen er ihr seinen Tagesablauf erzählte, wurden ihm immer lieber. Manchmal redeten sie von etwas völlig anderem. Claire kam jedoch auf ihren Mann und seinen Terminkalender zurück. Was machte er mittags? Und an diesen Abenden, an denen er wichtige Versammlungen hatte? Igor hatte ihr eine junge Frau beschrieben und gefragt, ob sie ein Foto wolle. Er hatte eine solche Traurigkeit in Claire gespürt. Er hatte einen Augenblick lang lügen und sie in einer wunderlichen Illusion wiegen wollen. Das war die demiurgische Seite an seinem Beruf: die Möglichkeit, einen gefälschten Bericht abzugeben, sich Lebensgeschichten auszudenken. Igor fand, daß das ein prima Stoff für einen Film wäre, die Geschichte eines mythomanischen, geschichtenerzählenden Detektivs. Dessen Mythomanie allerdings auf einer Überempfindsamkeit beruhte. Beim Anblick der feuchten Augen einer Frau würde er einen einwandfreien Tagesablauf des Ehemannes heraufbeschwören. Aber das konnte Igor nicht machen. Denn es gab zwei Sachen im Leben, die er höher als alle anderen schätzte: die Wahrheit und die Frauen. Vielleicht war das auch letzten Endes ein und dieselbe Sache .... Auf die Gefahr hin, Claire ins Verderben zu stürzen oder eine rein geschäftliche Situation zu beenden, lieferte Igor ihr die Frucht seiner Arbeit aus. Claire erblickte also Sonias Gesicht. Sie wußte sofort, daß das alles schwieriger machen würde. Sie mochte sich von etwas Verschwommenem und Unbekanntem betrügen lassen, aber nicht von einem Gesicht.

Claires Elend machte Igor verlegen. Zum Glück ergriff sie als erste das Wort:

«Ich will Ihnen zwei Sachen sagen: Erstens bin ich trauriger, als ich dachte.»

«Ja ... das seh ich...»

«Zweitens hätte ich gern, daß Sie mir etwas von sich erzählen. Ich würde jetzt gern in ein anderes Leben als das meinige aufbrechen. Ich muß diese Geschichte vergessen. Sagen Sie mir, wie Sie Detektiv geworden sind?»

Sie bestellten eine Flasche Rotwein, und leise begann Igor zu reden. Alles hatte mit einer Grille von Dominique Dubrove angefangen. Letzterer war davon überzeugt, daß ein einträgliches Unternehmen ein Familienunternehmen sein müsse. Die Erträge durften bei ihm nicht weit vom Stamm fallen. Seit der Gründung des Detektivbüros Dubrove hatte er daher seine Söhne, seine Cousins und Neffen und all die anderen angeheirateten Pfiffikusse eingestellt und ausgebildet. Seinen verschüchterten Neffen hatte er ausgenommen, was nicht nach dem Geschmack seiner Schwester war. Igors Mutter fand vor allem, daß das eine hervorragende Therapie wäre, ein Beruf, in dem entschlossenes Handeln und Risikobereitschaft gefragt waren:

«Man muß den Teufel mit dem Beelzebub austreiben», sagte sie andauernd.

Igors Eltern hatten nichts unversucht gelassen, damit ihr Sohn seine gesellschaftliche Fiebrigkeit ablegte. So beschlossen sie, daß Igor als Teenager im Pickelalter Theater spielte, was die Dinge mitnichten einrenkte. Die meisten Schauspieler sollen ja schwer schüchtern sein. Igor weigerte sich zuerst, beugte sich dann doch dem Willen seiner Eltern. In seinem Innersten wußte er, daß es seine Bestimmung war, daß ihm jegliche etwas heikle gesellschaftliche Situation Angst einflößte und daß er immer ein Diplomat im eigenen Land bleiben würde.

Sein Theaterlehrer sah in ihm einige Veranlagungen, und die Komplimente gewannen Igors Vertrauen. Seine Eltern schrien Sieg. Doch ihr Überschwang war voreilig. Man wußte noch nicht, wie er sich beim Anblick von Publikum benehmen würde. Vor einer Gruppe von etwa zehn Leuten wurde eine kleine Vorstellung gegeben, Igor rang mit all seinen Kräften und schaffte es, von den Blicken der anderen abzusehen. Er fand Geschmack am Theater und träumte sogar von einem Leben, in dem er die ganze Zeit, bis zur Unendlichkeit, die Rollen wechselte, eine Art abyssischer Fall, währenddem er sich selbst und die Last, er selbst zu sein, vergessen konnte. Aber nichts geschah wie geplant. Am Abend der Premiere sammelte Igor hinter den Kulissen seine Kräfte. Da durfte nichts mehr bestehen außer seiner Konzentration. Im Saal herrschte lautes Getöse, es war ein Boulevardstück, die Sorte mit sehr wüster Handlung, knallenden Türen und Liebhabern im Schrank. Und dabei wurde nun ein verhängnisvoller Fehler begangen.

Igor spielte die Rolle des gehörnten Ehemanns.

Mitten im Stück, als seine unförmige und lächerliche Figur alle zum Lachen brachte, fiel er einer Verwechslung zum Opfer. Genau in dem Moment, wo das Gelächter ertönte, das Gelächter, das ihm seine Begabung versichern sollte, konnte er im Kopf sich und seine Rolle nicht auseinanderhalten. Nicht der leiseste Zweifel, daß das vergnügte Publikum sich über ihn lustig machte. Kurz bevor der dritte Akt begann, in der Szene, in der sich der Hahnrei als der Hahnrei erkennt, stürzte Igor in die Kulissen, um im Dunkel Zuflucht zu finden. Ganz artig auf einem Stuhl sitzend, wartete seine Schüchternheit in ihrer Loge auf ihn.

Es verwundert nicht, daß später aus ihm ein großer Filmliebhaber geworden ist. Der Grund, weshalb er sich in den Kinos herumtrieb, war eine ständige Suche nach der Dunkelheit. Er konnte derzeit stundenlang über Filme reden, und in diesen Gesprächen verflog seine Schüchternheit. Er war mit fast lückenlosen Kenntnissen, das heißt einem vertrauten und daher schützenden Gegenstand, bewaffnet. An jenem Abend hatte er Erinnerungen an Szenen und Anekdoten aneinandergereiht. Bis er jäh innehielt:

«Ich habe noch nie so von mir erzählt. Ich hoffe, das langweilt Sie nicht?»

«Nein, gar nicht», beruhigte ihn Claire, bevor sie in ein irres Lachen ausbrach, für das sie sogleich einen Grund angab:

«Das kommt vom Wein! Ich glaube, ich habe zuviel getrunken.»

Nach einer Weile erkundigte sie sich:

«Und *Der Himmel über Berlin*? Haben Sie den gesehen?»

Der Film von Wim Wenders erinnerte sie auch an Jean-Jacques, aber davon machte sie sich nun los. Igor geriet in Panik, man hätte meinen können, daß der Himmel auf seinen Cineastenkopf gefallen war. Filmische Bildungslücken begünstigten Rückfälle in die Schüchternheit.

«Öh … nein … nein … den hab ich nicht gesehen…», stammelte er.

Claire entfachte ihre Erinnerung und redete von Berlin.

«Berlin…», wiederholte Igor wie hypnotisiert.

Am Anfang einer Geschichte braucht man immer eine Stadt, überlegte er.

Es ging auf Mitternacht zu. Sie hatten fast ihre zweite Flasche Wein ausgetrunken. Claire fühlte sich seltsam gut. Sie hatte Sonias Gesicht erfolgreich im Alkohol ertränkt. Sie wollte eine dritte Flasche bestellen, doch der Wirt vermeldete den Schankschluß. Draußen legte sie einen anarchischen Schritt an den Tag, trotzdem durchfuhr sie das maßvolle Aufflackern von Klarheit:

«Mir geht's gut, mir ist's schon so lange nicht mehr so gut gegangen ... Und das verdanke ich Ihnen, Igor! Das müssen wir feiern.»

«Öh ... ich glaube, das beste wird sein, wenn ich Sie nach Hause begleite.»

Sie stiegen in ein Taxi. Igor war aufgeregt wie nie. Wenn er die Augen schloß, konnte er John Cassavetes sein, der Gena Rowlands nach Hause brachte. Als sie dort ankamen, bedankte sich Claire für den schönen Abend und strich ihm zärtlich über die Wange. Vielleicht hätte sie sich aber den letzten Satz sparen sollen, der auf die Rechnung der Betrunkenheit ging und der schnell vergessen sein wird:

«Bist ein süßer kleiner Hahnrei ...», hatte sie gesagt, bevor sie unter dem Portalvorbau verschwunden war.

Der Satz hätte ihn ohne Claires Hand auf seiner Backe verheert. Jetzt waren Wörter nicht mehr so wichtig.

Claire hatte Mühe, das Schlüsselloch zu finden. Jean-Jacques hatte darauf gelauert, daß sie heimkam, und beeilte sich aufzumachen:

«So spät kommst du nach Hause!»

Ohne sich beim Lügen im geringsten anzustrengen, stammelte sie etwas davon, daß sie den ganzen Abend Sabine getröstet habe. Jean-Jacques stellte sich vor, daß sich ein Mann mit Leichtigkeit hinter diesem Vorwand verschanzen konnte. Diese Möglichkeit freute ihn innerlich. Seine künstlich verzerrte Miene verriet kleine Spasmen einer schlecht im Zaum gehaltenen Freude. Wenn Claire einen Liebhaber hatte, könnte er in aller Rechtmäßigkeit und innerlich ausgeglichen seinem Ehebruch nachgehen und sich auch noch der Last der Schuldgefühle entledigen. Ohne jegliche Finesse legte er sich ein bißchen zu schnell wieder schlafen, glücklich wie ein Gott in seinem Pyjama. In Claires Augen hatte die Szene eine unpersönliche Trostlosigkeit. Trotzdem erwachte sie am nächsten Morgen in exzellenter Stimmung. Sie erinnerte sich bruchstückhaft an den Abend. Ihren Zustand ließ sie aus und konzentrierte sich auf die Momente, in denen sie Igor zugehört hatte. Sie erinnerte sich vorzüglich an ihre Gemütsbewegungen. Die Situation kam ihr einfach lächerlich vor: von dem Detektiv, der ihren Ehemann beobachtete, ergriffen zu sein.

Aber sie hatte die Situation noch gar nicht erkannt.

Sie war erst in der Umkleide zur Lächerlichkeit.

VI

An einem anderen Abend erklärte sich Claire einverstanden, essen zu gehen. Als sie saßen, wurde Jean-Jacques von einer größeren existentiellen Angst geplagt:

«Ich kann mich nicht zwischen Pizza und Pasta entscheiden. Das ist immer das Problem in italienischen Restaurants.»

«Das ist das ganze Problem im Leben», entgegnete Claire ironisch.

Jean-Jacques lächelte, bevor er wieder in seine erschütternde Verwirrung eintauchte. Was außerdem erschütternd war: der Ort. Gibt es einen schlimmeren Ort als ein italienisches Restaurant? Man läßt eine neapolitanische Musik (im Bereich der Musik das, was Minestrone im Suppenbereich ist) und einen Kellner über sich ergehen, der sich als Italiener auszugeben versucht, wo sein Wortschatz doch auf *Peperoni* und *Bonjourno* beschränkt ist. Wäre Jean-Jacques in Begleitung von Sonia gewesen oder Claire in Begleitung von Igor, hätten sie die Minestronemusik bestimmt bezaubernd gefunden und gesagt, daß es «wundervoll» sei, sich von einem unechten italienischen Kellner bedienen zu lassen. Immer spiegelt sich in allem die Zeit wieder, die ein Paar zusammen verlebt hat. Um die Probe zu machen: Mit Sonia traf Jean-Jacques ohne das geringste Zögern eine Wahl. Ist man glücklich, ist es einem vollkommen schnurz, was man ißt.

Beide lächelten stillschweigend. In Claire stieg allmählich eine gereizte Stimmung auf, dieser fürchterliche Zustand brachte sie ihrer Mutter näher. Für einen kurzen Moment, es war nur flüchtig, aber trotzdem, war sie zu ihrer Mutter geworden. Zu ihrer Mutter, die ihren Vater ansah, der gleiche widerwillige Blick. Und diese Art, an einer grünen Olive zu lutschen, sie verachtete ihren Mann so, wie ihre Mutter ihren Vater verachtete. Sie fing ein nervöses Lachen an.

«Warum lachst du?» fragte Jean-Jacques.

Und als sie sehr gemein log, dachte sie nicht einmal nach:

«Ich denke an unsere Reise nach Genf ... wie unsere Koffer weg waren.»

Doch in der Reinheit der Schweizer Erinnerung verflog und verflüchtigte sich die Gemeinheit. Genf war der Unterschlupf, in den sie sich immer und immer noch hineindrängten. Genf war ihr Reserverad, ihre Art, der lächerlichen Groteske des Lebens zu trotzen; und der noch grotesteren Lächerlichkeit des Lebens von Ehepaaren; und der noch grotesteren als grotesken Lächerlichkeit des Lebens von Ehepaaren in italienischen Restaurants. Sich in die Vorzeigeerinnerung flüchten. In der Erinnerung wird deutlich, was die Liebe einmal gewesen ist, die Erinnerung läßt die Schönheit erstarren, die zugleich den Tod bedeutet.

Jedes Paar hat sein Genf.

Diese Form von Erinnerung ist genau wie das Kuscheltier eines Kindes. Wie eine Art Stoff, der einen beschützt und in dem man sich im Problemfall vergraben und vergessen kann.

Oft unbewußt materialisieren viele Pärchen ihre Vorzeigeerinnerung in Gestalt eines schönen Farbfotos, das vollendet gerahmt in einem vollendeten Rahmen im Wohnzimmer steht und das jedem Blick zur Ansicht unterbreitet wird. Die Vorzeigeerinnerung nimmt dann ein anderes Format an. Sie ist der Beweis des Glücks. Die Liebe thront auf dem Büfett und gibt sich der Illusion des Ewigen hin. Es ist nicht selten, daß die erlesene Reise in Wirklichkeit mit Strapazen gepflastert war, die sich in denkwürdige und zum Lachen reizende Episoden verwandelten, was die Ironie des mythischen Wesenskerns der Liebe vollendet. Anders ausgedrückt, die Reise nach Genf war eine zweitklassige Reise gewesen. Mit Regen, Gepäckverlust und Rechnungen, die nichts als eine Aneinanderreihung reiner Touristenabzocke waren. Aber diese Reise war zu einem Mythos geworden, weil sie in die mythische Zeit der Liebe fiel, in der Einzelheiten totgeschlagen werden. Es ist nie so, daß die Beziehungen einfach zerfallen. Es ist so, daß die Reste der Welt und der Menschheit langsam wieder ihre Stellung einnehmen. Und langsam das Terrain anbaggern, das sie für eine Zeit der Liebe abgetreten hatten.

Nach Genf redeten sie über Louise.

«Hast du gesehen, was sie für Fortschritte am Klavier gemacht hat», begeisterte sich Jean-Jacques.

«Ja, sie ist großartig.»

«Sie spielt ihre Tonleitern ganz alleine, ohne daß der Lehrer daneben sitzt!»

«Ja, sie ist großartig.»

«Und beim Tanzen? Unglaublich, wie gelenkig sie ist!»

«Ja, sie ist großartig.»

«Und ihr Chinesisch? Hast du gesehen, wie sie der Bedienung im Chinarestaurant guten Tag gesagt hat?»

«Ja, sie ist großartig.»

«...»

Das Problem an Louise war, daß sie sich sehr schlecht als Konversationsthema eignete. Es war von ihr nichts zu erwarten. Nicht einmal eine Blinddarmentzündung hatte sie. Nicht einmal irgend etwas Kleines, was einem Sorgen bereitete und was die Beziehung in der gemeinsamen Angst zusammengeschweißt hätte. Nichts, nicht einmal nichts. Und von der berühmten Pubertätskrise schien Louise noch weit entfernt zu sein, auch wenn sie frühreif war.

Zum Glück taucht immer ein Pakistaner auf, der welke Blumen verkauft und so gestattet, ein paar Sekunden totzuschlagen. Man fragt sich sehr, wer diese Blumensorten kauft. Wie auch immer, es ist jedesmal ein Augenblick, der das Paar in eine große Hilflosigkeit stürzt. Mann und Frau tun so, als wollten sie die herabgesetzten Blumen nicht. Aber dem Mann ist es immer ein bißchen peinlich. Der Frau würde es vielleicht gefallen, wenn man ihr Blumen schenkte, denkt er sich, auch wenn das lächerlich ist. Er traut sich nie und fühlt sich immer ein wenig schuldig. Ein Jean-Jacques hatte natürlich das Zehnfache an solchen Gefühlen. Das «nein danke», mit dem er sich an den Pakistaner wandte, klang nicht wirklich fest. Der Pakistaner war als Verkäufer gefährlich und sprang vollendet in die Lücke. Er schlug dem Nagel auf den Kopf:

«Sind Sie sicher? Madame würde sich freuen.»

Das eigentliche Ziel dieser Verkäufer ist es, bei den Paaren ein Chaos anzuzetteln. Anstatt ihn energisch abzuwimmeln, fragte Jean-Jacques Claire:

«Ach so ... du würdest dich freuen?»

Und schon war sie diejenige, die nun die Entscheidung treffen mußte. Nichts ist sozusagen himmelschreiender, als eine Aufmerksamkeit geschenkt zu bekommen, die man erregt hat. Nein, sagte sie konsterniert. Den Verkäufer hatte sie in Sekundenschnelle verabschiedet. Ihr Mann dagegen wäre imstande gewesen, sich noch einen *indian summer* lang in pakistanische Tentakel zu verstricken. Doch einen Moment später entschied sich Claire, ein bißchen mit ihrem Mann zu spielen, entschied sich, seine erbärmliche Unentschiedenheit auszunützen, und bekannte:

«Na ja ... ich glaube, ich hätte mich schon gefreut.»

Endlich erhielt Jean-Jacques konkrete Informationen. Er sprang Hals über Kopf auf und kaufte dem Pakistaner den ganzen Strauß ab. Als Claire ihn mit dem lächerlichen Strauß und dem Ausdruck großer Tage im Gesicht zurückkommen sah, war sie zu ihrer großen Überraschung gerührt. Sie stand auf, um ihren Mann zu küssen. Nichts würde je wieder unkompliziert sein.

Der italienische Kellner (der dem Aussehen nach in Châlons-sur-Marne geboren wurde) brachte den Kaffee und radebrechte in gebrochenem Französisch, daß die Schokolade zum Kaffee, die aufs Haus ging, schweizerisch sei.

VII

Jean-Jacques hatte mit Sonia einen nahezu wahnsinnigen Glückszustand erreicht. Sie hatten sich besser kennengelernt, und ihre Beziehung hatte sich entwickelt. Sie war verliebt, ganz gewiß. Und die Liebe verlangte danach, rechtmäßig anerkannt zu werden. Am Anfang dieser Bewußtwerdung hatte eine Körperhaltung der jungen Frau gestanden. Er hatte sie vor ein paar Tagen um Unterstützung gebeten. Sie war gleich gekommen, hatte die Tür geöffnet, doch anstatt sich in dem erotischen Spalt aufzustellen, hatte sie diesmal das Büro betreten. Jean-Jacques war sofort ganz weiß geworden.

«Was ist mit dir?» hatte sie sich gesorgt.

In seiner Logik bedeutete das Betreten des Büros: «Ich hätte gern, daß du deine Frau verläßt.» Und er malte sich in einem Eifer nervöser Vorwegnahme schon aus, daß er seine Tochter nicht mehr sehen würde. Bei seiner Rückkehr in die Realität lagerte er geschwind das aus, was er Sonia mitzuteilen hatte. Als er wieder allein war, fing er an zu weinen. Er konnte sich nicht erinnern, wann er das letzte Mal geweint hatte. Vielleicht um seine Eltern. Nein, jetzt erinnerte er sich, daß er um seine Eltern nicht geweint hatte. Der Schock hatte viel zu tief gesessen. Aber das hier war eine schleichende Katastrophe, es war Platz für Tränen, viel Platz. Er sollte mit seiner Verwirrung, die er nur immer mühevoller zu verbergen wußte, in einen Strudel eintauchen.

Am Sonntagmittag hatte Jean-Jacques in Erwartung der Hammelkeule mit seinem Schwiegervater allein am Tisch gesessen. Die Unterhaltung war ihm endlos erschienen. Jedes Partikel eines Gesellschaftsthemas fraß sich sehr langsam in seine Ohren hinein. Er schaute seiner Tochter zu, die im Garten spielte und langsam hinter einem imaginären Drachen herrannte. Claire war seit einer an die Ewigkeit grenzenden Weile mit ihrer Mutter in der Küche. Renée käute einen Streit wieder, den sie unter der Woche mit ihrem Mann gehabt hatte, und rief:

«Ich kann nicht mehr! Ich habe hinten ein *e* mehr als er, das ist der ganze Unterschied!»

Claire horchte ihrer Mutter angewidert vom Schauspiel der sich wiederholenden Auseinandersetzungen zu. Ihre Eltern waren bestimmt nicht das einzige ältere Paar, das sich gegenseitig nicht mehr ertrug. Im Gegenteil. Wer zusammen bis ins Alter durchhielt, mußte in jedem Fall sagenhaft widerstandsfähig sein.

«Ach, du weißt doch, wie dein Vater ist», fuhr Renée fort.

Aber Claire befand sich einer Lebensphase, in der sie viel in Frage stellte, und entschied sich dafür, nicht zu wissen, wie ihr Vater ist. Man wußte nie irgend etwas über irgend jemanden. Sie hatte beschlossen, daß sie diese verkürzte Formel nicht ausstehen konnte. Ständig wurden einem Vorstellungen aufgedrängt, die nicht die eigenen waren, man lebte unter dem Diktat der Wahrnehmung von anderen. Sie wußte also nicht, wie ihr Vater ist. Nichts wußte sie:

«Nein, das weiß ich nicht.»

«Na doch, du weißt es!»

«Nein, ich weiß nicht, wie Papa ist!»

«Jetzt komm aber, natürlich weißt du's!»

Die Diskussion hätte stundenlang dauern können. Renée betrachtete ihre Tochter mit Verwunderung (die Tomaten waren fertig). Claire begriff, daß es nicht ging, irgend etwas in Frage zu stellen.

Endlich wurde die Hammelkeule geschnitten. Endlich wurde begonnen, diesen nicht enden wollenden Sonntag aufzuzehren. Jean-Jacques kaute schwer. Sein Blick hielt sich betont lange bei den Schwiegereltern auf, um sie für den Fall, daß er sie nicht wiedersehen würde, im Gedächtnis zu behalten. Die Vorstellung machte ihn traurig, aber er fing sich gleich wieder: Sollten Claire und er sich je trennen, durfte er sich immerhin darüber freuen, daß er nicht mehr seine Sonntage zunichte zu machen hatte. Er stellte sich flüchtig die Frage, ob es ein Sonntagsleben fern von Familien gibt. Als sein Schwiegervater ihm den üblichen Sliwowitz anbot, antwortete er:

«Nein danke. Keinen Sliwowitz heute, ich werd mich eher ein bißchen ausruhen...»

Es entstand ein Schweigen.

Für René war das die gröbste Beleidigung. Zu anderen Zeiten hätte er ihn für das, was er sich gerade anhören mußte, zum Duell herausfordern können. Es gab kein Recht darauf, ihm einen Sliwowitz abzuschlagen.

«Muß Jean-Jacques zur Zeit viel arbeiten?» sorgte sich Renée.

Claire hatte einen Sonnenstrahl in der Stimme ihrer Mutter gespürt. Sie wartete schon so lange auf einen Ausrutscher, eine Lücke im Glücksbild. Alle Blicke folgten Jean-Jacques. Jetzt legte er sich in die Hängematte. Claire fand den Anblick widerlich. Es schnürte ihr die Kehle zu, wie er allen das abstoßende Schauspiel seiner Trägheit zumutete.

Dann stand sie auf.

Langsam, es war eine langsame Bewegung. Nicht dramatisch, einfach langsam. Louise unterbrach ihr Spiel, die Eltern unterbrachen ihre Verdauung. Diese unscheinbaren Schritte hatten etwas Höheres, etwas, das auf eine machtvolle Weise die Blicke auf sich zog, etwas, das die Kraft hatte, die Zeit anzuhalten. Als sie auf Höhe der Hängematte angelangt war, sah sie Jean-Jacques an und teilte ihm in der natürlichsten Art, die man sich vorstellen kann, mit: «Ich verlasse dich.»

ZWEITER TEIL

1

Claire ging nach diesen drei Worten auf ihre Eltern zu. Mit der gleichen selbstverständlichen Natürlichkeit äußerte sie:

«Ich habe gerade Jean-Jacques verlassen. Schönen Sonntag noch.»

Und sie nahm ihre Tochter an die Hand.

«Wollen wir nicht auf Papa warten?» fragte Louise.

«Ach was, du siehst doch, daß er schläft.»

Ohne einen Blick zurückzuwerfen, gingen sie los. Jean-Jacques war wie erstarrt. Er sah aus wie jemand in Hypnose, der zwischen zwei Stühlen saß. René sorgte sich um ein dringenderes Problem: den Zustand seiner Frau. Auch in einem schlingernden Boot durfte die Rangordnung in der Familie nicht außer acht gelassen werden. Renée zappelte nervös und ziemlich unregelmäßig hin und her (diese Unregelmäßigkeit ging ihm, René, einem Mann mit Prinzipien, auf die Nerven). Offensichtlich handelte es sich um einen hysterischen Anfall. Sie schluchzte Satzbrocken: «Nein, das gibt's doch nicht ... nein, das kann nicht wahr sein ...» Er sah, daß die Situation außer Kontrolle geriet, daß dieser Sonntag eine andere Farbe annahm, dieser Sonntag war wie ein anderer Tag, wie eine Art Montag im November. René wurde von einer gewissen Panik befallen, und es blieben nur noch Relikte seiner selbst übrig.* Er beschloß erstens, sich einen kleinen Sliwowitz zu genehmigen. Und zweitens beschloß er, das, was er erstens gemacht hatte, wieder zu tun. Als dieser Walzer der tausend Umdrehungen getanzt war, faßte er den weisen Beschluß, einen Trostspender zu rufen. Zum Glück war sein Nachbar kein Geringerer als der Doktor Renoir, der wichtigste Arzt von Marnes-la-Coquette.

Letzterer ließ in der Sekunde, in der er Renés belemmerte Miene sichtete, schnell die Rolläden herunter. Wenn es darum ging, ihn zu stören, hatte er die Dreistigkeit der Leute immer schon gerochen. Sonntags zog er es vor, sich tot zu stellen. Doch sehr schnell holte sein schrecklich ringendes Gewissen die Aufwallung der Übellaunigkeit ein. Man entgeht seinem Schicksal nie. Seit Dutzenden von Generationen wurde in der Familie Renoir der Medizinerberuf vom Vater auf den Sohn übertragen (und dazu muß man sagen, daß man in der anderen Familie Renoir von der Malerei zum Film gekommen war ...). Seit Dutzenden von Generationen waren die Sonntage von der unsteten Nachbarschaft auf den Kopf gestellt worden. Keuchend machte er die Tür auf:

«Was ist denn los?»

«Ich ... ich ...»

Der Alkoholmißbrauch in Verbindung mit dem außer Kontrolle geratenen Sonntag hatte auf Renés Ausdrucksfähigkeit übergegriffen. Er gestikulierte lebhaft und deutete auf sein Haus. Renoir beschloß, ihn auf der Stelle abzuhorchen.

---

* *Dies sollte der Beginn der Karriere eines verkümmerten Mannes sein.*

«Öh ...»

«Du mußt wirklich mit dem Trinken aufhören, weißt du ... Die Zeiten sind nicht immer rosig, ich weiß, ganz im Gegenteil ...»

«Öh ...»

«Aber manchmal muß man die richtigen Entscheidungen treffen können. Für die Gesundheit ist nichts zu teuer, das weißt du ja ...»

Nach einer Weile gelang es René doch, Renoir zu seinem Haus zu zerren, und der Arme begutachtete die Schäden. Da stellte er etwas Fürchterliches fest: den Tod eines Sonntags.

Renoir beeilte sich zu fragen, was geschehen sei. René war erleichtert, nicht mehr auf sich allein gestellt zu sein, und erklärte, daß seine Tochter seinen Schwiegersohn verlassen habe. Er fühlte neuen Schwung und wagte sogar eine kleine Hypothese:

«Das ist bestimmt ein emotionaler Schock, oder?»

«Ja, wahrscheinlich», bestätigte der Doktor.

René machte einen kleinen begeisterten Satz; der Gedanke, sich nützlich vorzukommen, brachte ihn ganz aus dem Häuschen. Aber als er den Kopf drehte, bot sich ihm erneut der Anblick seiner Frau, und er mußte wieder eine Haltung einnehmen, die eines besorgten Ehemanns würdig war. Renoir seinerseits gab sich einen Augenblick lang Träumereien hin, in denen er sich glückliche Tage ausmalte, die er mit der Nachbarstochter, die neuerdings Junggesellin war, verlebte. Er hatte seit Jahren Phantasien von Claire und ließ sich manchmal bei einer zarten Onanie gehen. Die Nachricht erfreute ihn so sehr, daß er sich um so heiterer um Renée kümmerte und ihr zur Beruhigung einen kleinen Nadelstich verabreichte. Anschließend beförderten sie sie in ihr Zimmer. Um das quälende Echo dessen, was sie so traumatisiert hatte, nicht mehr hören zu müssen, begann sie recht schnell zu schnarchen.

Nun mußte man sich mit dem Schwiegersohn befassen, der dabei war, seine Karriere als Schwiegersohn kläglich zu beenden. Auch wenn Renoir mit einer gewissen Anteilnahme versehen war, so konnte er doch angesichts dieses von seiner Frau sitzengelassenen Mannes ein kleines, innerlich freudiges Herzklopfen nicht mäßigen.* Sechs Jahre war es jetzt her, daß Marilou Renoir ihn verlassen hatte. Genau, seine Marilou, sie hatte nicht einmal ihre Sachen mitgenommen, eine Kurzschlußhandlung, die Undankbare. Sie hatte eine kleine Postkarte geschickt, auf der sie ihm sagte, daß es vorbei sei. Eine Postkarte, nach sechs Jahren Ehe ...

«Einen kleinen Stich?» schlug René vor.

«Nein ... Nein ... Das kommt von den unliebsamen Überraschungen im Leben! Man braucht nicht zu glauben, daß er der einzige ist, der so was durchgemacht hat, Klappe zu, Ende der Vorstellung, jetzt reicht's», regte sich Renoir auf.

Somit durfte Jean-Jacques anstatt eines Nadelstiches eine saftige Ohrfeige auf der rechten Backe in Anspruch nehmen.

---

* *Und dieses Lächeln, das Jean-Jacques nicht sah, sollte die erste Bezeugung dessen sein, was er wenig später im Leben feststellte: daß viele Leute seinem Unglück schadenfroh begegneten und sogar ein gewisses Glück dabei empfanden.*

René wußte diese wirkungsvolle Methode zu schätzen, sosehr er auch bedauerte, daß sie nicht seiner Frau zugute gekommen war. Sein Schwiegersohn kam wieder zu sich. Er rollte die Augen und versuchte zu begreifen, wo er war. Doch plötzlich gönnte ihm sein Bewußtsein keine längere Atempause mehr, die drei Worte seiner Frau fielen ihm ein, und er fing endlich an zu weinen.

Renoir verließ das Haus in der Manier eines unaufdringlichen Helden, der in sein dürftiges Leben zurückkehrt, weil Tränen ja widersinnigerweise ein Zeichen der Lebenskraft sind. René stürzte auf seinen Schwiegersohn zu, um ihm ein Taschentuch zu geben. Wie absonderlich, ihn so zu sehen. Zum ersten Mal fand er ihn in Tränen vor. Es war genauso, als würde ein Auto weinen. René ergriff eine Initiative, die darin bestand, in den Keller zu laufen, um noch eine Flasche Sliwowitz zu holen. Er schenkte dem Mann gleich ein Glas ein und gleich noch eins und dann noch eins für den Mann, dessen Gesicht das Aussehen eines Schwamms annahm, für den Mann, der bald nur noch die Erinnerung an einen Schwiegersohn sein würde. Vorerst galt es zu trinken, um zu vergessen. Und wenn man ein bißchen hart gegen sich selbst war, würde man vielleicht jenes sagenhafte Stadium erreichen, wo man vergißt, daß man trinkt.

Am späten Nachmittag taumelte Jean-Jacques durch den Garten. Der Alkohol machte ihn aggressiv, er riß wütend die Blumen aus, er war das Trinken nämlich nicht so gewohnt. Sein Telefon klingelte, und hektisch stürzte er darauf zu, war er doch davon überzeugt, daß das seine Frau war, die ihr absurdes Verhalten bereits bereute. Er hörte Claires vollkommen klare Worte am anderen Ende. Man hätte meinen können, daß sie ihre Kurzschlußhandlung seit Jahrhunderten organisiert hatte.

«Ich habe Louise zu Sabine gebracht.»

«Wieso denn?»

«Weil ich heute abend nicht nach Hause komme. Genausowenig wie an den anderen Abenden.»

«Wo gehst du hin?»

«Das will ich dir nicht sagen. Wir reden später irgendwann. Ich will vorläufig nicht mit dir reden.»

«Aber ich verlange eine Erklärung! *(Nach einer Pause:)* Und paß bloß auf, wenn du mich verläßt ... Nicht, daß dir einfällt, daß du hinterher zurückkannst. Du bist dir da hoffentlich sicher?»

«...»

«Wenn es das ist, was du willst, dann hau ab!»

Claire legte lieber auf. Jean-Jacques' Umgangston schokkierte sie. Nie war er so heftig gewesen. Er reihte Schimpfwörter aneinander. René fühlte sich ein wenig in der Verantwortung, wegen des Sliwowitz, schwang sich aber dennoch auf:

«Wenn Sie so von meiner Tochter reden ... hm ... wär es mir lieber, wenn Sie Ihre Wörter anders wählen würden.»

«...»

«Na ja, das stimmt schon ... solche Sachen muß man nicht sagen ...», schwang er sich noch höher auf.

Jean-Jacques hatte rote Augen. René dachte sich, daß er besser den Mund gehalten hätte und daß es zwecklos war, von einem Mann, der für nichts mehr geradestand, irgend etwas zu verlangen. Schließlich entschuldigte sich Jean-Jacques doch.

«Haben Sie ihr das von ihrer Mutter gesagt?» fragte René.

«Ach, nein, daran hab ich nicht gedacht ...»

«Ist gut ... Ich sag es ihr später ...»

Er stand Jean-Jacques' belemmerter Miene wie einem modernen Kunstgemälde gegenüber. Er konnte nur den Kopf schütteln und so tun, als würde er verstehen.

«Verstehen Sie die Frauen, René?» fragte ihn Jean-Jacques.

«Öh ...»

«Alles ist in bester Ordnung ... und dann, plötzlich, gehen sie in die Luft, einfach so ...»

«Öh ...»

«Wir sind nicht vom gleichen Stern, oder?»

«Öh ...»

Jean-Jacques faßte sich. Sein Verstand war trotz des Alkoholspiegels klar genug um einzusehen, wie lächerlich die Situation war: Er würde doch nicht anfangen, mit seinem Schwiegervater über Frauen zu reden. Genausogut könnte er sich mit einem Boxer über Eiskunstlauf unterhalten. Er stand auf und ging ohne ein Wort.

II

Dem Beispiel vieler gejagter Verbrecher folgend, kehren Frauen, die ihre in Hängematten dahinvegetierenden Männer verlassen, an den Ort ihrer Kindheit zurück, um Unterschlupf zu suchen. Nachdem Claire Louise abgesetzt hatte, hatte sie sich in ein Taxi gestürzt, und die erste Adresse, die ihr in den Sinn gekommen war, war die in der Avenue Junot gewesen. Das war die Zeit vor Marnes-la-Coquette. Ihrer alten Wohnung gegenüber war das gleiche kleine Hotel wie früher. Sie entschied sich, da ein Zimmer zu nehmen, und warf einen flüchtigen Blick auf ihr Kinderzimmerfenster, ehe sie hineinging. Für einen kurzen Moment schien ihr, als könnte sie sich darin sehen. Wie eine Persönlichkeitsspaltung. Das kleine Mädchen, das sie gewesen war, schaute auf ihr jetziges Frauenleben. Claire wünschte, darin einen Zuspruch zu erkennen.

Einmal untergebracht, wußte sie nicht, was sie machen sollte. Sie rief Igor an, weil sie es allein nicht aushielt. Er schlug vor, sich in einem Café zu treffen, aber sie kam lieber zu ihm. Sie sehnte sich nach Ruhe. Igor war völlig unvorbereitet und räumte in einer rasenden Geschwindigkeit seine Wohnung auf. Er griff überstürzt nach einem Buch, ehe er die Tür öffnete.

«Stör ich dich nicht ... sicher?»

«Natürlich nicht, ich war gerade am Lesen», keuchte er.

Claire machte es sich auf dem Sofa bequem. Igor bot ihr einen Tee an, anschließend Kekse, dann Schokolade und dann noch einen Tee: Sie wußten nicht, was sie einander sagen sollten. Endlich teilte Claire mit: «Ich habe eben Jean-Jacques verlassen.» Igor bekam fast keine Luft mehr und verfluchte sich, weil er seine Gefühle (eine erstaunliche Mischung) nicht besser unter Kontrolle hatte. Er rappelte sich recht schnell wieder hoch:

«Wie fühlst du dich?»

«Ich meine, es geht so ... aber seine Reaktion hat mich ziemlich schockiert, er ist so wütend geworden.»

«Das war womöglich sein Stolz ...»

«Ich weiß es nicht ... Es ist alles so schnell gegangen ... Ich frage mich, ob er in seinem Innersten nicht schon lange damit gerechnet hat ... Ich habe ihn in der Hängematte liegen sehen ... und den Einfall mit der Hängematte habe ich mir nicht gefallen lassen ...»

«Mit der Hängematte?» sorgte sich Igor.

Während er Claire zuhörte, stand er unauffällig auf, um die Zimmertür zu schließen. Dann setzte er sich wieder hin.

«Die Hängematte ... hast du gesagt ...»

Durch seine Art, ihr zuzuhören, kam sie zur Ruhe. Als sie ihn kennengelernt hatte, hätte sie sich nie gedacht, daß er der Typ Mann sein könnte, den man anruft, wenn es einem nicht gutgeht. Der Typ Mann, in dessen Arme man sich gerne schmiegte. Er war süß. Jetzt rückte er näher an sie heran, überrascht von der eigenen Initiative, wie ein Fisch, dem man Beine angenäht hatte. Als sich das Erstaunen gelegt hatte, strömte langsam ein Gefühl des Vertrauens in ihn ein. Ein immer stärker werdendes Gefühl, ein Gefühl, das unheilbar sein sollte. Sicher brütete hier die menschliche Psyche einen ihrer großen Zaubertricks aus. Er mußte jemanden trösten, um seine Schüchternheit zu behandeln (das geht natürlich nur mit einer Person, die man in all ihren Variationen liebt ...). Er brauchte den Anblick einer zerbrechlichen Frau, einer Frau, die sich auf einen verläßt und deren innere Einstellung einen zwingt, jemand zu sein, der man niemals gewesen ist, um seine Schüchternheit und sein mangelndes Selbstvertrauen zu behandeln. Im Zuge einer Spielart des Kräftegleichgewichts hatte er soeben Gewalten entwickelt, die über jeden Verdacht erhaben waren. Niemals würde er den Augenblick, in dem Claire ihren Kopf auf seine linke Schulter gelegt hatte, vergessen können. Er hätte in diesem Moment vor Aufregung zittern können, doch die Aufregung verwandelte sich im Gegenteil in eine gefährliche Strapazierfähigkeit. Im Augenblick, als Claire ihren Kopf auf seine linke Schulter legte, im Augenblick, als er das Wogen ihres Haars betrachtete. Als er seine Hand in Claires Haar legte, als er zärtlich durch Claires Haar strich, genau in dem Augenblick, in dem seine Hand zwei Zentimeter von Claires Haarwurzeln entfernt war, in diesem Sekundenbruchteil hatte sich seine Schüchternheit für immer verflogen. Es handelte sich um den Tod seiner Schüchternheit (für andere war an diesem Tag ein Sonntag gestorben). Sein ganzes Leben würde er an diesen Moment zurückdenken, in dem er die weibliche Zerbrechlichkeit in seine Arme gedrückt und seine Schüchternheit unter einer Kapillarwelle vergraben hatte.

Es war gewiß ein Vorzug, daß die betreffende Frau mit Vornamen Claire hieß.

In der Kuhle der erhebenden Intimität fand sich der Quell eines peinlichen Moments. Claire stand wieder auf:
«Hübsch ist's bei dir! Führst du mich herum?»
Igor brach in Panik aus. Er sprang mit einem Satz hoch und baute sich vor seinem Zimmer auf.
«Hör zu, da ist nicht sehr gut aufgeräumt. Ich würde dich lieber ein andermal herumführen.»
«Ach was, bist du sicher?» sagte sie und versuchte vorbeizukommen.
«Ich bitte dich.»
Er schien in den Seilen zu hängen. Man hätte glauben können, daß er ein Nukleararsenal oder, schlimmer, eine andere Frau versteckte. Claire nahm die Zigarettenpackung aus ihrer Tasche und schaltete bei der Gelegenheit ihr Telefon ein. Beim Abhören der Nachrichten veränderte sich ihr Gesichtsausdruck. Sie entschuldigte sich auf der Stelle und brach überstürzt auf. Gleich nachdem sie, etwas weniger überstürzt, Igors Lippen gestreift hatte. Als er wieder allein war, ging er in sein Zimmer und versteckte die Hängematte, die er einige Tage zuvor gekauft hatte.

*

Was mag wohl ein schüchterner Mensch anstellen, der nicht mehr schüchtern ist? Er verläßt das Haus und stürzt sich in die Metro. Er sucht sich den überfülltesten Waggon aus und läßt sich ganz in der Mitte nieder. Zwischen zwei Haltestellen fängt er sehr laut zu schreien an. Alle schauen ihn an, alle sprechen das Urteil über ihn. Er kann es nicht fassen, daß er eine solche Flut von Blicken aushalten kann. Er kann es nicht fassen, daß er vor Scham nicht gestorben ist. Man hält ihn für einen Verrückten. Und dann vergißt man ihn, weil er bei der nächsten Haltestelle aussteigt. Sein Gang ist ruhmreich.

*

Das Taxi hielt in Marnes-la-Coquette. Claire hatte unterwegs ihren Vater angerufen, um ihn von ihrem Kommen zu unterrichten. Er saß auf der Treppe und wartete ungeduldig, er schien kleiner zu sein. Nie hatte sie ihn so panisch gesehen. Er kam näher, und sie erkannte Messer in seinem Blick.

«Wo warst du? Ich habe den ganzen Abend versucht, dich zu erreichen …»

«Ja, ich weiß … entschuldige …»

Sie ging ins Haus hinein. Er reichte ihr einen kleinen Sliwowitz und erklärte, was passiert war. Der Anfall ihrer Mutter, nachdem sie gegangen war. Claire konnte sich schwer vorstellen, daß ihr die Trennung so zu Herzen gegangen war. René erzählte ihr von Renoir, von dem Stich und von der langen Siesta, die darauf gefolgt war. Doch am frühen Abend, seitdem sie aufgewacht war, hatte sie wieder zu phantasieren angefangen. Sie rief ständig: «Marcello! Marcello!»

«Marcello?» fragte Claire.

«Ja, sie vergöttert *La Dolce Vita* … Es gibt da eine Szene, wo …»

«Ja, versteh schon», unterbrach ihn Claire. «Und weiter?»

«Nun ja, was hätte ich schon machen sollen? Ich bin wieder zu Renoir gegangen ... Er ist noch einmal gekommen, wo er doch gerade dabei war, seine Rolläden zu reparieren ... An einem Sonntag ist er das zweite Mal losmarschiert ... Und er hat ihr wieder eine Spritze gegeben ...»

«Mein Gott ... alles ist meine Schuld ...»

«Du hättest dich einfach hüten müssen, so rücksichtslos zu sein ...», schloß René.

Claire war völlig niedergeschlagen. Vor ihren Augen lief die Szene noch einmal ab. Sie hatte nicht anders gekonnt ... Jean-Jacques in der Hängematte ... Jean-Jacques in der Hängematte, sagte sie sich immer wieder vor ...

Ein paar Minuten später trat sie in das Zimmer ihrer Mutter. Zum ersten Mal seit langem betrachtete sie sie ohne Regung. Sie hatte den flüchtigen Gedanken, daß das den Vorgeschmack des Todes hatte. Sie verließ das Zimmer, nahm eine Tablette und schlief ein paar Stunden auf der Couch. Am nächsten Morgen würde alles schon viel besser aussehen. Renée war mit den ersten Sonnenstrahlen in ihren Garten hinausgegangen und jätete ein bißchen Unkraut. Claire kam auf sie zu.

«Na, Mama? Wie fühlst du dich?»

«Alles bestens, meine Liebe. Kein Grund zur Sorge.»

«Aber ... gestern ...»

«Ich sage, alles bestens ... Das passiert doch jedem mal, daß er ein bißchen dummes Zeug redet, oder?»

«...»

«Los, komm, ich hab Kaffee gekocht.»

Claire war erleichtert und folgte ihrer Mutter in die Küche. Sie traute sich nicht zu sprechen. Dieser Montagmorgen glich einem 29. Februar, einem Tag, den man der Unabänderlichkeit der Dinge zu rauben glaubt. Sie nahm ein paar Schluck von ihrem Kaffee. Heute war ihr erster Tag als Single. Bloß nicht wollte sie auf die Geschehnisse des Vortags zurückkommen, ihre Mutter übernahm das:

«Weißt du ... es ist wichtig, daß du an dich selber denkst ... man muß das Leben leben, das man leben muß.»

«...»

«Man lebt nur einmal ...»

«...»

Claire war von diesen Worten überrascht. Das hörte sich nicht wirklich nach der Tonart ihrer Mutter an. Sie reihte artig semibuddhistische Formeln aneinander, als wäre nachts Vishnu über sie gekommen. Letztlich war das gar nicht so verwunderlich. Daß man an Weisheit zulegt, wenn man (auch zeitweise) den Verstand verliert, kommt häufig vor. Es war das erste Mal, daß Claire das Verlangen hatte, ihre Mutter leicht anzufassen, eine Bresche in ihre Regungen zu schlagen.

«Danke, Mama ... Deine aufmunternden Worte rühren mich ...»

«Ja, aber weißt du ... Es gibt etwas, das du wissen mußt ...»

«Ach ja?»

«Etwas sehr Wichtiges.»

«Ich höre.»

«Nun gut. Ich finde, daß du dir den Bart abrasieren solltest.»

«...»

«Ja, ich sage das, weil ich dein Bestes will. Männer wollen keine bärtigen Frauen.»

«...»

«Das sticht und ist vor allem nicht so praktisch.»

Claire fuhr sich mit der Hand über das Gesicht, um das Unvorstellbare nachzuprüfen, und wähnte einen leichten Rückfall ihrer Mutter. Letztere schwang noch immer ihre Reden zum Thema Frauenbehaarung. Claire entschuldigte sich für einen Augenblick und ging ihren Vater suchen. Er lag in seinem Bett, hörte Radio und war wie bei einem nachmittäglichen Siestatraining ständig auf der Suche nach der richtigen Lage. Claire schilderte ihm die Situation, und es blieb ihm nichts anderes übrig, als den israelisch-palästinensischen Konflikt so stehenzulassen. Als sie in die Küche traten, erstarrten sie beide in der Betrachtung von Renée. Da war so etwas wie ein Problem.

III

Jean-Jacques hatte Marnes-la-Coquette ein paar Stunden nach dem Hängemattenvorfall verlassen. Im Taxi nach Paris hatte er immerzu an Claires Rücksichtslosigkeit gedacht. Er würde das Leben genießen und ein Édouard werden, wenn es das war, was sie wollte. Er fand den Zustand reichlich ungerecht: Jahrelang war er der Prototyp des liebevollen und treuergebenen Ehemannes gewesen, und schon beim ersten Streich verlor er, was er im Schweiße seiner Frustration gesät hatte. Das Taxi hielt vor einem Lokal. Aus seiner frischgebackenen Junggesellenhaut heraus beobachtete Jean-Jacques die Frauen. Er ließ sich mit fingierter Leichtigkeit an einem Tisch nieder und bestellte einen Whisky. Zwar hatte er heute schon viel getrunken, aber er war ja nun auch ein anderer. Jede Zelle seines Körpers, angefangen bei der Leber, mußte sich dem Singledasein, den Ausschweifungen und dem schnellen Sex anpassen. Das sollte im übrigen gar nicht lange dauern, denn er bemerkte eine recht schicke Frau, die ihn mit Blicken verschlang. Das unbändige Verlangen, das er in dieser Unbekannten weckte, verstand er sehr gut, er fand sich nämlich schön. Seit Jahren hatten die Scheuklappen der Treue – außer bei Sonia – verhindert, daß er seine Verführerqualitäten testen konnte. Als er den Kopf drehte, sah er noch eine Frau, die auch ganz interessiert schien. Es war unglaublich, wie viele verfügbare Frauen in den Lokalen herumlungerten. In der Zeitung hatte er davon gelesen, daß es viel mehr Frauen als Männer gab. Jetzt hatte er den Beweis dafür. Claire hatte einen riesigen Fehler begangen. Er würde sich vor Angeboten kaum retten können, so daß sie gar nicht tränenüberströmt zurückkommen bräuchte.

Er steuerte auf die erste Frau zu, die er bemerkt hatte. Er schwankte leicht. Aber das konnte jederzeit als geschickt dosierte Nonchalance durchgehen. Er schlug vor, sie auf ein Glas einzuladen, und die Frau nahm an. Die Sache war einfach. Jean-Jacques machte ein paar Witze, die die Frau, eine ausgezeichnete Kennerin, mit ungestümem Gelächter würdigte. Als ihre Gefühle sie überwältigten, fragte sie ohne Umschweife:
«Wollen Sie, daß wir ins Hotel oder zu Ihnen gehen?»
Was für ein Verführer er doch war. Gewiß nicht von der Art, die stundenlang um den heißen Brei herumtanzt. Bei ihm verstanden es die Frauen, zum Wesentlichen zu kommen. Sie wurden in seinen Bann gezogen und von einer völlig unkontrollierbaren, animalischen Begierde gepackt ...
«Mir wär es allerdings lieber, wenn Sie mich vorher bezahlen würden ...», fuhr sie fort.
... die männliche Triebkraft in ihrer vollen Bandbreite zwischen Einfühlung und sexueller Antizipation, eine explosive Mischung ...
«Was?» fragte er.
«... Es ist einfach so, daß es mir lieber ist, wenn die Sache erledigt ist ...»
Jean-Jacques drehte blitzartig den Kopf und sah überall lächelnde und leichtbekleidete Frauen. Er war in einem

Bumslokal gelandet. Er kam sich so lächerlich vor wie jemand, der einem Kroatenschwindel aufgesessen war, und zog es vor, sich eilig davonzumachen.

Es war schon ziemlich spät. Der Unmut über seine Dummheit brachte ihn ins Schwanken zwischen Lachen und Erbrechen. Schließlich ging er in ein anderes Lokal, wo die Frauen diesmal so kostenlos wie selten waren. Mit dem Glas in der Hand ging er auf eine von ihnen zu. Nach der vorangegangenen Schmach fing er wieder bei Null an:

«Haben Sie Feuer?» fragte er.

«Ja», antwortete die Frau, die den Annäherungsversuch durchschnittlich fand.

Doch in dem Moment, in dem sie ihr Feuerzeug zückte, merkte Jean-Jacques, daß er keine Zigaretten hatte.

«Sie sind ein Komiker, Sie ...», lächelte sie.

Jean-Jacques war stolz auf sich. Ein schlagender Annäherungsversuch. Frauen, die lachen, bereiten sich mental auf das Liebesspiel vor, hatte er sich sagen lassen. Jetzt mußte es so schnell wie möglich weitergehen. Zeit verging, und ihm fiel nichts ein, was er sagen könnte. Er stieß verzweifelt den Nullachtfuffzehnsatz aus, den er bei seinem Schwiegervater anwandte:

«Ich glaube, die Grünen zu wählen ist Quatsch!»

Nach einer konsternierten Pause scheuerte ihm die junge Frau eine. Alle Blicke richteten sich auf Jean-Jacques. Der Wirt trat auf ihn zu:

«Laß dich ja nicht so schnell wieder blicken. Wir wollen hier keine Perversen!»

Geschockt verließ Jean-Jaques das Lokal. Was hatte er getan, daß er soviel Haß schürte? Er hatte es nicht böse gemeint, er wollte einfach das Gespräch füllen. Er sah, nachdem er lange im dunkeln getappt war, eine einzige mögliche Erklärung: Claire war der Kopf einer internationalen Frauensekte, die ihn sein Leben lang anfeinden würde.

Auf dem Heimweg dachte er endlich an Sonia. Er fühlte sich erleichtert, und die armen Kerle, die fallengelassen wurden und nicht einmal eine Geliebte hatten, taten ihm leid. Er bemerkte auf der Straße ein Plakat mit der Frau, die ihm gerade eine gescheuert hatte. Diesmal wurde wirklich der Stecker seines kühlen Kopfes gezogen, dachte er. Aber als er näher kam, sah er, daß die Frau der Listenkopf der Grünen bei den Europawahlen war. Er hatte echt Pech. Das war die Fermate eines verwünschten Tages. Zum Glück wies die Sonne auf sein Montagsgesicht. Als er zu Hause ankam, mußte er einräumen, daß das Sich-schlafen-Legen sich erübrigte. Kurz duschen, rasieren und zur Arbeit. Er nahm drei Aspirin plus C, um sein Kopfweh am Boden zu zerstören und um wieder einen zusammenhängenden Bewegungsablauf zu erlangen. Er schnitt sich beim Rasieren. Auf die Wunde klebte er ein kleines Pflaster.

Am Aufzug begegnete Jean-Jacques Berthier, einem Kollegen, der sich mit Börsenschwankungen befaßte. Sie kamen als erste an, und als zweite Fügung hatten sie beide ein Pflaster an der gleichen Stelle im Gesicht. Die These, daß sie sich äußerlich neutralisierten, hätte sich vertreten lassen. Sie erstarrten im Schweigen, wo sie normalerweise Banalitäten unter Kollegen austauschten. Schließlich brach Berthier das Eis:

«Hast du auch Probleme mit deiner Frau?»

Jean-Jacques zuckte mit den Schultern, aber es gelang ihm nicht, ein Fassadenlächeln anzudeuten. Er hatte diesen Berthier nie wirklich gemocht und würde von nun an alles tun, um seine aufsteigende Karrierebahn unauffällig einzuseifen. Als Jean-Jacques in seinem Büro war, verspürte er beim Gedanken an ein paar Liegestütze einen leichten Kitzel, doch sehr schnell gestand er sich die völlige Sinnlosigkeit einer solchen Unternehmung ein. Er war erschöpft und unfähig, eine Akte aufzuschlagen. Er wartete darauf, daß Édouard kam, in seinem Unglück würde er sich ihn schnappen. Sein Freund nahm die Nachricht mit Verblüffen auf. Eine gedehnte Minute lang war er außerstande, eine beruhigende Antwort zu geben. Dann fand er endlich Worte:

«Hör mal, Alter, das wird schon wieder ... Das wird schon wieder werden ... Und weißt du was, eine Frau, die dich nicht mindestens einmal verläßt, ist gar keine richtige Frau ...»

«...»

«Und ich bin für dich da, so wie du für mich dagewesen bist ... Du schaust vorbei, wann du willst ...»

Der letzte Satz war schrecklich für Jean-Jacques gewesen. Die jeweiligen Umstände bei beiden miteinander zu vergleichen stand für ihn nicht zur Debatte. Ein Maschinenschaden eines Flugzeugs ließ sich nicht mit einer Bauchlandung vergleichen. Édouard wollte seinen Freund in die Arme schließen, aber traute sich nicht: Ihre Freundschaft war nie sehr berührungsintensiv gewesen. Sie gingen betreten auseinander.

Das freundschaftliche Moment hatte ihm irgendwie den Rest gegeben. Er trieb den Großteil des Tages im Anzug des Musterangestellten umher und tat so, als würde er mit eigenbrötlerischem Zartgefühl arbeiten. Für den Spätnachmittag erfand er eine äußerst wichtige Verabredung mit einem japanischen Geschäftsmann. Monsieur Osikimi. Genau, Osikimi. Der Name gefiel ihm gut. Über eine halbe Stunde hatte es gedauert, bis er ihn gefunden hatte. Und wie einem einsamen Kind, das sich einen imaginären Freund ausdenkt, hatte Jean-Jacques schon bald die Virtualität der Verabredung leid getan. Mit so einem Osikimi könnte man es sich gutgehen lassen, sagte er sich vor.

IV

Jean-Jacques war nicht der Typ, der sich unterkriegen ließ. Nachdem er eine Nacht gut geschlafen hatte, hielt er sich wieder an einen Siegertakt. Nach der Arbeit besuchte er jeden Abend seine Tochter bei Sabine. Da er wußte, daß Sabine seiner Frau Bericht erstattete, hatte er zuerst ein sehr komplexes Dilemma lösen müssen: Sollte er sich gut gelaunt präsentieren und ihr weismachen, daß um ihn alles zum besten bestellt war? Oder sollte er den Depressiven spielen? Er hatte schließlich die erste Option gewählt. Er würde versuchen, sich dem Beschluß seiner Frau gegenüber gleichgültig zu verhalten, und war überzeugt, daß seine Kälte sie zur Rückkehr bewegen würde. Doch beim Anblick seiner Tochter sprengten Breschen starker Gefühle seine Bemühungen, den Schein zu wahren. Man konnte nie über seine Verhältnisse lügen. Sabine fand, daß er manchmal pathetisch war. Und das ging ihr zu Herzen. Es schien ihr zum ersten Mal, daß dieser Mann, den sie nie wirklich zu schätzen gewußt hatte und der ihr immer etwas oberflächlich vorgekommen war, etwas Unverfälschtes an sich hatte.

Er verbrachte jeden Abend mit Sonia. Um bloß nicht allein zu sein. Man traf sie nun in einem italienischen Restaurant an. Als seine Geliebte sich nicht entscheiden konnte, fragte Jean-Jacques:

«Sicher, daß alles in Ordnung ist?»

«Ja … Ich kann mich nur einfach nicht zwischen Pasta und Pizza entscheiden. Das ist immer das Problem in italienischen Restaurants.»

«Das ist das ganze Problem im Leben», entgegnete er ironisch. Sonia wollte dieses Abendessen nutzen, um über ihre Beziehung zu reden.

«Du sprichst überhaupt nicht mehr von deiner Frau … Du hast jeden Abend frei …»

«…»

«Willst du mir gar nichts erzählen? Ich würde wirklich gerne reden, wissen, was du fühlst und wie du dir deine Zukunft vorstellst …»

Die Zukunft. Jean-Jacques betrachtete das Wort in diesem Moment als das schwammigste Gebilde, das man sich denken konnte, die Zukunft war ein vergessenes Wort, das auf der Zungenspitze einer vergessenen Sprache lag. Ein pakistanischer Blumenverkäufer eilte zu seiner Rettung herbei. Er war so auf diesen Mann konzentriert, der es ihm ermöglichte, die Zeit zu schinden, in der er seinen Zukunftsnachweis erbringen sollte, daß er gar nicht hörte, wie Sonia hauchte, daß sie es lächerlich finde, wenn Männer unter diesen Konditionen Blumen kauften. Jean-Jacques entsann sich Claires Wünsche und verkündete, den ganzen Strauß haben zu wollen.

«Mademoiselle hat Glück», erlaubte sich der Pakistaner hinzuzufügen, der nun seiner nahen Zukunft (dem weiteren Verlauf des Abends) mit lachenden Augen entgegensah. Sonia fing verdattert an zu lachen. Aber ihr Lachen war dumpf, ihr

Lachen war tiefgefroren, ihr Lachen war ein Abbild des Tiramisu, das sie im Komplettmenü gewählt hatte.

Als sie wieder zurück ins Hotel gingen, merkte Jean-Jacques deutlich, daß Sonia aufgewühlt war. Er gestand seine Verwirrung:

«Ich weiß, ich bin nicht der Herr der Lage ... Ich brauche Zeit ... Es gibt Augenblicke, wo alles nicht so einfach ist ...»

«...»

«Augenblicke, wo das Leben nicht wie ein langer ruhiger Fluß ist ...»

Jean-Jacques freute sich, daß ihm dieser Fertigsatz eingefallen war. Er war, nach einer Pause, in seinem Kopf wie ein Rettungsring für einen Ertrinkenden aufgetaucht. Sonia war ausreichend verliebt, um den Satz als den Beginn eines Zwiegesprächs zu betrachten, so wie das Wort Zukunft mit dem Buchstaben «Z» beginnt. Vor allem wollte sie ihren Geliebten nicht mit Fragen überhäufen. Sie wußte, daß die Situation für ihn (den Ärmsten) eh schon kompliziert genug war. Also küßte sie ihn und stellte die fast abgestorbenen Blumen in eine farblose Vase.

Jean-Jacques hatte keine Lust auf ein Liebesspiel. Er schaltete den Fernseher an und stieß zufällig auf die letzten Bilder von *Der Himmel über Berlin*. Sonia bedauerte angesichts seines Überschwangs, den Film nicht gesehen zu haben. Das Wort Ende erschien auf dem Bildschirm. Der Film erinnerte ihn an Claire, dieser Film war Claire. Sie kam auf schonungslose

Weise in ihm zurück. Eine Atemnot überfiel ihn, und er gab vor, frische Luft schnappen zu wollen. Ohne einen Blick zurückzuwerfen, ging er los. Beim Laufen verwandelte sich Paris in Berlin. Die beiden Städte vermischten sich in seinem Kopf. Das Berlin aus dem Film war wie eine zähe Erinnerung durchgesickert. Paris war nun entstellt. Eine Mauer verlief nun durch Paris.

Und sie wohnten jeder auf seiner Seite.

Da Jean-Jacques nicht wußte, was er machen sollte, ging er zu seinem Freund. Édouard war in einen Satinbademantel gekleidet und empfing ihn mit einem Stärkungsmittel. Der Anblick des abendlichen Besuchers erinnerte ihn an die schlimmsten Stunden seines eigenen Unglücks.

«Aber was ist denn los mit dir? Ich dachte, du nimmst die Situation gelassen.»

«Ja, aber na ja ... Mir geht's schlecht ... Es gibt Momente, da ist Claire überall in mir ...»

«Das hab ich mir schon gedacht. Am Anfang tut man immer so, als ob.»

«Ach, das geht schon ... Ich hab nur einfach heute abend einen Film gesehen, das war so eine Erinnerung ... Ich kann nicht glauben, daß es vorbei ist ... Vor allem verstehe ich überhaupt nicht, warum ...»

«Oh, die große Frage! Du mußt dich damit abfinden, wir verstehen die Frauen nicht. Ich würde sogar sagen: Wir sind Touristen im Land der Frau ... Die Frauen sind lauter Chinesinnen, und wir haben die Schlitzaugen ... Ich habe den Glauben an die Partnerschaft verloren ... In fünfzig Jahren erreichen wir eine Scheidungsrate von hundert Prozent, da werden wir wohl unsere ganze Sicht auf die Dinge in Frage stellen müssen ... Ich will es dir deutlich sagen: Die Liebe ist nur eine Art und Weise, den Verschleiß zu messen ...», fuhr Édouard in einem Wortschwall fort.

Danke schön, das nennt sich Freund. Jean-Jacques war gekommen, weil er Trost suchte, und fand nur einen düsteren Stimmungsmacher gegen die Partnerschaft vor. Einen mit Fertigsätzen gewappneten Stimmungsmacher, als ob man sich einzig mit Aphorismen wappnen könnte, wenn man aus der Damenwelt lebend herauskommen wollte. Jean-Jacques wollte diesem dummen Zeug keinen Glauben schenken. Mit Claire war das immer anders gewesen. Sie hatten, wie alle Paare, Krisenmomente durchgemacht. Aber sie waren damit fertig geworden. Sie waren getraut. Er sagte sich weiter vor, daß er kein Leben à la Édouard führen wollte. Schön für ihn, wenn er in einem Leben der gefühlsmäßigen Nichtverstrikkung sein seelisches Gleichgewicht gefunden hatte. Dieser redete weiter wie ein Verkäufer, der einem eine neue Gebrauchsanweisung für das Leben andreht, und bemühte sich in einer ungeschliffenen Art, ihn zu überzeugen. Jean-Jacques stand auf und bedankte sich bei seinem Freund für die tröstenden Äußerungen. Als Édouard wieder allein war, mußte er sich eingestehen, daß er den Korken des Singledaseins vielleicht etwas hoch hinausgeschossen hatte.

Jean-Jacques nahm seine Wanderung durch die Nacht wieder auf. In kurzen Augenblicken, in denen die Schönheit von Paris sich in klarer und reiner Form darbot, konnte er sich des

Augenblicks erfreuen. Vielleicht war es das, was man suchen mußte, um in eine beschauliche Stimmung zu kommen. Eklipsen der Schönheit in den einfachen Ansichten des Lebens. Er marschierte bis zum Anfang der Sonne. Und schließlich wollte er lieber zu Sonia ins Hotel zurückgehen. Sie schlief. Die Decke ruhte unter ihren Schultern und ähnelte einer regungslosen Welle auf weißem Sand. Jean-Jacques setzte sich aufs Bett und glitt mit seiner Hand über Sonias Rücken hinweg, über ihn hinweg, ohne ihn zu berühren. Endlich leerte sich sein Kopf. Er fand sie schön, das war alles. Sie war von einer ermüdenden Schönheit, da schlief er ein.

V

Claire, die am Abend früher oft müde gewesen war, hatte nun die Energie für durchgemachte Nächte. Mehrere Abende hatte sie schon bei Igor verbracht. Sie tranken Wein und gingen von den belanglosesten Themen zu den bedeutendsten Gedankengängen über. Er fragte sie, wie es ihrer Mutter gehe.

«Hör zu, das ist sehr kompliziert ... Wir haben an einen Rückfall geglaubt, aber war es dann doch nicht ... man möchte meinen, daß es ihr bessergeht ... es ist nur ihr Benehmen seltsam.»

«Wie erlebt sie deine Trennung?»

«Das kommt auf den Tag an. Das ist immer kompliziert mit ihr gewesen, weißt du ... manchmal hätte ich Lust, sie auszustopfen, wie in *Psycho*!»

Igor fing an zu lachen, vor allem aber fuhr er mit einigen Anekdoten bezüglich der Dreharbeiten zu dem Hitchcock-Film fort. Das ist immer das Problem mit Filmliebhabern. Man kann ihnen gegenüber keinen Film erwähnen, ohne ein paar Theorien an Bord zu nehmen. Doch was Igor erzählte, fand Claire oft fesselnd. Er hatte eine Art, die den abstraktesten Dingen Leben einhauchte. Ab und zu schaltete sie ab. In diesen Fällen betrachtete sie ihn bewegt. Sie konzentrierte sich auf seinen Mund, und nichts konnte sinnlicher sein.

*

Was wir über Igor wissen, läßt uns nichts von dem erahnen, was wir über Igor hören werden. Bestimmt wird durch das Anführen seiner ausschweifenden Schüchternheit bei einigen regen Geistern die Vorstellung aufgekeimt sein, daß er noch unberührt war. Nicht allein diese Hypothese ist falsch, denn Igor besaß einen äußerst reichen sexuellen Erfahrungsschatz, so überraschend das auch anmuten mag. Um recht zu verstehen, darf man nicht vergessen, daß Igor Russe war. Und als Russe verkehrt man in der russischen Gemeinde. In diesem Umfeld traf man allerlei junge Mädchen an, die – unabhängig davon, ob sie mehr oder weniger schön waren – allesamt relativ sanftmütig waren. Mädchen, die Igor seit seiner Kindheit kannte, mit denen er aufgewachsen war und mit denen er in das Alter der sinnlichen Entdeckungsreisen gekommen war. Bei Hochzeiten oder an kirchlichen Feiertagen fanden sich oft alle auf einem schönen Anwesen wieder, wo die Bäume groß genug waren, um das Ausmaß der Gelüste zu verdecken. Igor spielte nicht viel mit den Jungen, weil er schrecklich schüchtern war. Als Teenager blieb er meist in der Nähe seines Vaters, saß vor einer weißen Tischdecke, schaute die weiße Tischdecke an, träumte davon, sich in eine weiße Tischdecke zu verwandeln. Einige Mädchen kamen in freundschaftlicher Zuneigung zu ihm hin, damit er nicht so alleine war. Sie schlugen ihm Spaziergänge vor, und er willigte ein. Da er nur seine Füße sah, konnte er beim Gehen die Landschaft nicht bewundern. Die Bewegungen der Mädchen in ihren weißen Kleidern schüchterten ihn automatisch ein. Die Mädchen gaben aber meistens gar nicht so auf ihn acht. Bis zu dem Tag, an dem eines, eine gewisse Nina, ein Spiel vorschlug, das mehr die

Sinne ansprach. Der Reihe nach mußten alle Igor küssen. Danach würde er diejenige beim Namen nennen, die am besten küßte. Dem knallroten Igor blieb keine Zeit, sich zu verweigern. Er wurde zum Beutestück russischer Teeniezungen. Er verwirklichte soeben ohne eigenes Zutun den Traum vieler Männer. Natürlich war er zu keinerlei Bewertung fähig. Die Zungen vermischten sich untereinander. Dagegen war die Bewunderung aller Mädchen einhellig, wenn sie an den Geschmack von Igors Mund zurückdachten. Er hatte eine erotische Würze, eine Würze, die Igor niemals geahnt hatte. Ein erotisches Potential sozusagen.

Dieses Spiel dauerte zu seinem größten Glück jahrelang fort. Und als die Volljährigkeit heranrückte, schliefen die meisten Mädchen wenigstens einmal mit Igor. Bei diesen Gelegenheiten konnte er größere Kenntnisse erwerben. Er hatte sich in ein wandelndes Paradox verwandelt: ein Schüchterner mit viel Erfahrung bei den Frauen. Doch die wunderlichen Abenteuer hatten zwei wenig erfreuliche Folgen. Der Umstand, daß die jungen Frauen sich in seinem Mund und dann in seinem Bett die Klinke in die Hand gaben, verhinderte erstens, daß Igor entdeckte, was echte Gefühle waren. In dieser Beziehung war er bis zu seiner Bekanntschaft mit Claire jungfräulich geblieben. Die zweite Klippe war, daß es einige Mädchen von undankbarem Äußeren gab, die sich den Glücksfall zunutze machten. Nicht in sexueller Hinsicht (er hatte manch gefährlichen Überfall abwehren können), sondern eher beim Zungenaustausch. Er hatte nämlich bei diesen eifrigen Verschlingungen zuweilen Schwierigkeiten, die Herkunft der

Münder auseinanderzuhalten. Und dann hieß es, daß es ein Wettbewerb sei und daß man deswegen niemanden an der Teilnahme hindern konnte. Wenn Igor also, und das ist nun die letzte Angabe, die man über ihn braucht, viel Erfahrung auf dem Gebiet der Sinnlichkeit hatte, so waren doch seine Erfahrungen auf dem Gebiet der Nichtsinnlichkeit entsprechend. Mit anderen Worten, Igor hatte schon Mädchen mit Damenbart geküßt, jawohl.

*

Alle bis hierhin gewechselten Worte waren nur Wege, die zu den Lippen führten. Sie hatten sachte, und unsicher auch, die Köpfe zusammengesteckt und sich dann, sicherer, geküßt. Von so einer Situation träumte Claire seit Monaten. Jemand neuen kennenlernen, sich in den Cafés bezaubern, Erinnerungen an alte Filme heraufbeschwören, sich küssen wie die Teenager, all das war Teil eines Traums, den sie mehr oder weniger klar geschmiedet hatte, als sie im Alltagstrott keine Luft mehr bekam. Sie entblößten sich ohne das leiseste Spiel, mit der reinsten Einfachheit ihres einfachen Verlangens. Von Zeit zu Zeit schloß Igor die Augen, wie um sich darin zu üben, Claires Körper zu visualisieren; um sich darin zu üben, ihn für die Wunschbilder und für die Regentage im Gedächtnis zu behalten. Claire hatte einen Augenblick lang Zugang zu allen Erinnerungen an ihre vergangenen Sinnenfreuden. Sie dachte an einige ehemalige Liebhaber, es drehte sich um den Widerhall der Lust. Mit siebzehn hatte sie mit einem Pianisten geschlafen, der ein wenig älter war als sie. Er spielte mit ihrem Körper Klavier und sagte ständig:

«Dein Körper erzeugt den intensivsten von allen Klängen, den der Pause.»

Das war einer ihrer ersten, wenn auch naiven, so doch realen Glücksmomente. Sie dachte an ihn, und mit dieser Erinnerung tauchte sie in ihr ganz persönliches Verhältnis zur Erotik ein. Urplötzlich brachte der Ruck, der durch die Vergangenheit ging, ihren ganzen Körper zum Erwachen. Ihr Leben als Frau trat wieder auf die Bühne. Ihre Brüste und Hüften, ihre Knie und Lippen, ihre Waden und Schultern, ihr Rücken und ihr Nacken, das waren lauter Künstler, die ihr Comeback feierten.

VI

Nach seinen nächtlichen Irrwegen erwachte Jean-Jacques in der Haut eines anderen Mannes. Eines Mannes, der soeben das Ausmaß der Katastrophe begriff. Eine Woche lang hatte er sich selbst nicht wiedererkannt, hatte er Sonia eine Komödie vorgespielt, hatte er zuviel Zeit mit Sonia verbracht. Die letzten Bilder von *Der Himmel über Berlin* hatten Claire wieder in den Vordergrund seiner Gedanken gerückt. Er wollte die Sache in die Hand nehmen. Am Spätnachmittag erhielt er einen dringenden Anruf von Osikimi und konnte nicht anders, als überstürzt sein Büro zu verlassen. Er fiel bei Sabine ein. Als sie aufmachte, trat er so nah an sie heran, daß sie gezwungenermaßen zurückwich:

«Wo ist Claire? Sag mir, wo sie ist. Jetzt reicht's nämlich!»

«Ich weiß es doch nicht ...»

«Doch, du weißt es!»

«Nein, Jean-Jacques. Ich versichere es dir.»

«Und was machst du, wenn mit Louise ein Problem auftritt? Du wirst mir nicht weismachen, daß du nicht weißt, wo sie ist.»

«Nicht doch ... Es gibt Telefone ... Handys. Weißt du, diese Dinger, mit denen man überall erreichbar ist.»

Jean-Jacques brach in sich zusammen. Dann griff er nach seinem Telefon und rief Claire an. Natürlich ging sie nicht ran. Er war sich darüber im klaren, daß es sinnlos war. Es war das erste Mal, daß er in dem Moment, in dem er es wollte, nicht mit ihr reden konnte. Eine schreckliche Qual. Er zitterte beim Gedanken daran, sie nie mehr wiederzusehen.

«Willst du etwas zu trinken?» fragte ihn Sabine.

Sie trat an ihn heran und legte eine Hand auf seine Schulter. Er war wie eine eingebrochene Wirklichkeit. Sein Unheil machte ihn so echt wie einen Filmschauspieler auf der Leinwand. Sie fragte noch einmal:

«Darf ich dir ein Glas einschenken?»

Für eine Antwort blieb ihm keine Zeit, weil seine Tochter auf ihn zugelaufen kam.

«Oh Papa! So eine Überraschung.»

«Pack deine Sachen, Schatz. Wir fahren nach Hause.»

Louise zeigte ihre Kunst, nie verwundert zu wirken, und schritt zur Tat. Derweilen versuchte Sabine, ihn umzustimmen.

«Hör mal, ich weiß nicht, ob das eine gute Idee ist ... Du machst mir so einen entkräfteten Eindruck ...»

«Das geht dich nichts an. Das ist meine Tochter. Und wenn du mit Claire sprichst, sag ihr, daß sie nach Hause kommen soll ... Es ist vorbei ... Wir leben wieder wie vorher weiter ...»

Wie Flüchtige zogen sie davon. Sabine benachrichtigte sogleich Claire und sagte ihr, daß sie nichts habe machen können. Als sie auflegte, war sie erleichtert, nun nicht mehr in diese Geschichte hineingezogen zu werden. Sie fand vor allen Dingen, daß das alles Egoisten waren. Ihr eigenes Liebesleben war Hiroshima, und niemand scherte sich einen Dreck darum.

Man schaute vorbei und ging wieder fort und fragte nicht einmal, was sie von all dem hielt. Claire und Jean-Jacques waren ins Unglück glücklicher Menschen gestürzt. Sie dagegen brachte ihr Leben damit zu, ihr unglückliches Leben mit kleinem lächerlichen Glück zu beträufeln.

Jean-Jacques hatte kaum den Treppenabsatz passiert, als das Telefon klingelte.

«Du hättest mich wenigstens fragen können», überfiel ihn Claire.

«Ich habe das Recht, mit meiner Tochter zusammenzusein, oder? Und du auch, du kannst gerne kommen.»

«Nein.»

«Was, nein?»

«Nein. Ich will dich lieber nicht sehen.»

«Aber wir müssen uns doch aussprechen. Sag mir, wo du bist?»

«Nein.»

«Du hast einen anderen, stimmt's?»

«Jetzt hör aber auf. Ich will dich nicht sehen, Punkt.»

«Und deine Tochter? Wie willst du das machen, wenn du mich nicht sehen willst?»

«Du bist erbärmlich. Ich hätte nicht gedacht, daß du so erbärmlich bist.»

«Ich bin erbärmlich, weil ich dich liebe!»

«Mit meiner Tochter kann ich am Telefon reden. Und wir zwei sehen uns in ein paar Tagen, fertig ...»

«Bitte. Sag mir, wo du bist.»

«...»

Kurz darauf irrte Jean-Jacques durch die Wohnung. Immer wieder ging ihm eine Frage durch den Kopf, eine einzige brennende Frage: Wie habe ich es fertiggebracht, alles kaputtzumachen? Er setzte sich auf die Bettkante und blieb so bis zum Morgen. Seine Tochter platzte herein, tat aber so, als würde sie ihn für normal halten.

«Papa. Es wird Zeit, daß du mich aufweckst.»

«Ach ja. Wach auf, mein Schatz.»

«Okay. Bringst du mich in die Schule, oder sollen wir Caroline anrufen?»

«Öh ...»

«Am besten rufen wir Caroline an. Und sagen ihr auch gleich, daß sie mich abholt. Und eventuell kann sie bei uns wohnen, bis Mama wiederkommt, nicht wahr?»

«Ja, stimmt.»

Er schritt zur Tat.

Jean-Jacques war allein. Es gab nichts Schlimmeres, als nicht zu wissen, wo Claire war. Er hatte überlegt, nach Roissy zu fahren, aber Sabine hatte ihm gesagt, daß sich Claire einen Sonderurlaub genommen hatte. Die Art von Urlaub, die man nimmt, wenn man schwanger ist. Bestimmt kam sie mit einer Entscheidung nieder. Jean-Jacques hätte gern einen Ultraschall gemacht, einen Eingriff in die Zukunft vorgenommen und gleich jetzt gewußt, ob sie mit einem endgültigen Bruch niederkäme, ja oder nein. Er schaute mehrmals seine Elektrouhr an. Er beobachtete das Vorübergehen der Minuten, die Präzision der rationalsten Sache überhaupt, das Verrinnen der Zeit, imponierte ihm. Er wäre gern ein wenig die Zeit gewesen, einfach so, nur für einen Tag, um der Empfindung der Beständigkeit willen. Um ein Mann zu sein, der alle Steine aus dem Weg räumt und der ungestört seine ruhigen Bahnen beschreibt. Als seine Uhr anzeigte, daß es zehn war, zog sein Geist trotz allem in Betracht, daß er zu spät zur Arbeit kommen würde. Er rief eine Sekretärin an und meldete, daß ihn eine Unannehmlichkeit aufhalten würde, nichts Schlimmes, hatte sie gefragt, und er hatte losgeprustet. Wie konnte ihm etwas Schlimmes zustoßen? Er wusch sich mit wenig Methode und kleidete sich nach einem lockeren Look. Den Aktenkoffer in der Hand, rüstete er sich zum Aufbruch. Doch plötzlich packte ihn eine gefühlsmäßige Malaise, und er wollte etwas von seiner Frau mitnehmen. Irgend etwas, eine Unterhose, ein Haar, das im Badezimmer herumlag (vor einigen Minuten hatte er eines gesichtet, das in seinen Augen ein unschätzbares Relikt, einen Glücksbeweis darstellte; er würde jeden töten können, der dieses Badezimmer auch nur flüchtig auszukehren versuchte ...), oder ein Foto. Schließlich entschied er sich für ein Foto. Genau, das war das Richtige. Das würde er auf seinen Schreibtisch stellen können wie ein Mann, der einem sein Glück ins Gesicht schmettert. In einer selten geöffneten Schublade fand er ein Foto von Claire.

Jean-Jacques steuerte auf sein Auto zu, als sein Blick etwas einfing, das ihm bisher nie aufgefallen war: die müden Neonröhren des Detektivbüros Dubrove. Das war allzu komisch. Wieso hatte er dieses Detektivbüro nicht bemerkt? Verändert sich die Außenwelt mit unserer Innenwelt? Eine flüchtige Erinnerung kam ihm in den Sinn: In der Vorbereitungszeit zu seiner Hochzeit hatte er den Eindruck gehabt, daß Paris voll von Brautmodeboutiquen sei. Die Straßen waren von weißen Kleidern überzogen. Er stieg kurz entschlossen zu den Büroräumen hinauf. Eine Sekretärin ließ ihn warten. Am Morgen empfing Dominique Dubrove ungern Klienten, weil er sich laut Ritual eine Zigarre anzünden mußte. Zum Glück bekannte Jean-Jacques beim Betreten des Büros, daß der Rauch ihn störe. Mit einem breiten Grinsen drückte Dubrove seine Zigarre aus. Das Grinsen packte er gleich weg, als er das Gesicht seines Klienten sah. Er nahm seine den Umständen entsprechende Stimme an, eine Mischung aus dramatischem Pomp und amerikanischer Emphase.

«Was führt Sie zu mir?»

«Ich möchte, daß Sie meine Frau wiederfinden.»

«Hat jemand sie entführt?» entflammte Dubrove.

«Nein, sie hat mich verlassen. Sie ist weg ...»

«Ach so, ich verstehe.»

Ein klassischer Fall, Dubrove nickte zögernd. Er hielt Jean-Jacques den Ordner mit den Ermittlern hin:

«Das sind unsere Detektive. Und ihre Tarife.»

Jean-Jacques blätterte den Ordner durch. Nicht auszudenken, daß in dem Moment, in dem sein verstohlener Blick auf Igors Gesicht fiel, dieser gerade sein Frau küßte. Er erklärte:

«Ich werde den teuersten nehmen. Das ist wahrscheinlich der kompetenteste?»

«Ja, durchaus», ereiferte sich Dubrove. «Ibàn ist unser bester Detektiv. Sie werden bestimmt mit ihm zufrieden sein. Er ist Baske. Eigentlich ist er ja mein Neffe. Meine Schwester hat einen Basken geheiratet ...»

Als er dann am Blick seines Klienten feststellte, daß die Abschweifung von der unangebrachten Sorte war, fuhr er fort:

«Haben Sie ein Foto von ihrer Frau?»

Jean-Jacques wunderte sich. Zum ersten Mal trug er ein Foto von seiner Frau bei sich, und schon ein paar Minuten später wurde er danach gefragt.

«Öh ... haben Sie ein Foto?» fragte Dubrove noch einmal.

«... Ja ... Entschuldigen Sie.»

Er hielt ihm hypnotisch das Foto hin, als befände er sich inmitten eines Voodooritus. Dubrove blieb fast die Luft weg. Als ausgebuffter Profi schob er, um sich nichts anmerken zu lassen, das Auftreten der Atemnot der Zigarre in die Schuhe. Doch als die Worte aus seinem Mund ausgetreten waren, fiel ihm auf, daß er gar nicht rauchte.

VII

Claire hatte es sich so eingerichtet, daß sie sich wegen ihrer Mutter keine großen Sorgen machte. Es war nichts Schlimmes dabei, von Zeit zu Zeit ein wenig aus der Bahn geworfen zu werden, redete sie sich beruhigend zu. Mit zunehmendem Alter kam es häufig vor, daß der Verstand zerbröselte. Renée mußte sich nichtsdestotrotz Untersuchungen unterziehen. Im Krankenhaus in Sèvres wurde sie sehr freundlich aufgenommen. René hatte zum Ort seines vergangenen Ruhms noch allerhand Beziehungen. Durch den unbestimmbaren Geisteszustand seiner Frau schien er ein ganz anderer Mensch zu werden. Er hatte eine regelrechte Milde entwickelt und wurde dadurch zu einem Abklatsch dessen, was er gewesen war. Es sah so aus, als wäre er bereit, alles zu tun, damit sie wieder gesund würde. Vielleicht hatte er Angst zu sterben, wenn seine Frau sterben würde? Angst, sich gleich darauf in vorderster Front wiederzufinden, an der Vorderseite der Schützengräben.

Die Ärzte konnten bei Renée nichts Schlimmes feststellen und führten ihre paar Verirrungen auf die Überanstrengung zurück. Sie wiesen auf die unglaublichen Fähigkeiten von Rentnern hin, sich beim Nichtstun zu erschöpfen. Es war fast so, als ob man sie nicht für einen Teenager halten würde, der versucht, sich aufzuspielen. Als Renée jedoch zwei Tage nach den Untersuchungen dabei erwischt wurde, wie sie am Straßenrand um Almosen bat, sahen sich die gleichen Ärzte gezwungen, ihren ersten Eindruck zu überdenken.

«Wenn Sie wollen, kann ich Ihnen auch die Fenster putzen ...», versuchte sie die bestürzten Autofahrer zu locken.

Wieder zu Hause angekommen, hatte Renée ihre Eskapade vollkommen vergessen. Sie war von einer Parallelwelt heimgesucht worden. Ihr Geist konnte jeden Moment abschweifen. So traf man sie im Schlafrock im Supermarkt an, beim gespannten Warten auf ihre Tochter bei Unterrichtsschluß oder beim Kauf einer elektrischen Gitarre. René brachten diese Meteoriten im Betragen völlig zur Verzweiflung, und er hatte keine andere Wahl, als mit seiner Frau erneut ins Krankenhaus zu gehen. Renée wurde von mehreren Ärzten umringt und versuchte vergeblich, sich zu erinnern, was sie getan hatte. Alzheimer, flüsterte man sich zu, doch sehr bald kam man zu dem Schluß, daß die Patientin von einer selteneren Krankheit befallen war.

Um eine Krankheit zu bekämpfen, muß man sie bezeichnen können. Mehrere Assistenzärzte trieben die Nachforschungen über das Leiden voran. Endlich erregte sich einer von ihnen:

«Das ist das Wanderneuronensyndrom!»

Alle Blicke richteten sich auf ihn, was ihm gestattete, nicht ohne einen gewissen Stolz und mit leicht schluchzender Stimme – vor allem wenn er daran dachte, wie er seiner Mutter von der ersten Stunde seines beruflichen Ruhms berichten würde – mit der Geschichte der Entdeckung des Syndroms fortzufahren. Es war vor ungefähr zwanzig Jahren von zwei polnischen Ärzten, den Brüdern Wajniski*, bemerkt worden. Sie hatten bei mehreren Patienten identische Fälle aufgedeckt. Diejenigen, die an diesem Syndrom litten, führten aufgrund der momentanen Wanderschaft eines Neurons die zusammenhanglosesten Taten aus, ganz wie Renée.

«Überwältigend», seufzte der diensthabende Arzt der neurologischen Abteilung. «Und was kann man tun, um dieses Neuron am Wandern zu hindern? Ihm den Reisepaß abnehmen?»

Es gab etwas diplomatisches Gelächter, weil er der Stationsarzt war. Der Assistenzarzt nahm die Berichterstattung wieder auf:

«Ach ... ja ... das ist komisch ... nun ja ... an diesem Punkt wird die Sache kompliziert, weil die Neuronen oft ihren eigenen Kopf aufhaben. Aus dem Gutachten der Brüder Wajniski geht hervor, daß die einzige Möglichkeit ist, dem nomadischen Neuron klarzumachen, daß es ihm nirgendwo so gut wie zu Hause gehen wird.»

«Das wird alles ziemlich kompliziert ...»

«Eigentlich nicht ... der Gedanke, diesen Wohlfühleffekt herzustellen, ist echt brillant ... sogar lyrisch ...»

«Na schön, und jetzt sagen Sie uns, was zu machen ist!»

«Das ist ganz einfach. Die Neuronen sind wie Menschen. Sie bleiben nur wegen der Liebe zu Hause. Um diese Krank-

---

* *Von diesen Ärzten wußte man so gut wie nichts. Die einzige verfügbare Information war, daß sie seit Jahren immer mit einem Flugticket Warschau – Stockholm in der Tasche herumliefen und darauf warteten, daß man ihnen den Nobelpreis zuerkannte.*

heit auszurotten, muß daher ein hinreichend verführerisches Neuron ins Gehirn der Patientin transplantiert werden, damit das Wanderneuron nie wieder Lust verspürt, die eheliche Wohnung zu verlassen.»

«Ein verführerisches Neuron?» wiederholte der Stationsarzt und kratzte sich am Kinn.

Ein paar Minuten später teilte er Renée mit, daß sie stationär behandelt werden müsse. Ihr Gatte wäre fast umgekippt. Unter diesen Umständen erklärte man ihm lieber nicht sofort die Natur der anstehenden Eingriffe.

VIII

Jean-Jacques' Schmerz war recht gegenständlich. Er liebte Claire. Sein Leben war nur noch ein einziges verlorenes Genf. Die Fehler an seiner Frau vergaß er alle, er mystifizierte, was er verloren hatte. Das Glück hatte sich nie am Horizont gezeigt. In der Horizontalen wohl, doch bestimmt nicht am Horizont. Der Rücken seiner Frau fiel ihm ein und ihre Hautfalten, in die er sich versenken wollte. Von nun an würde er in stetem Wechsel Augenblicke reinen Wahnsinns erleben, Augenblicke der Verzweiflung und Augenblicke, in denen er ruhiger sein würde. Mit anderen Worten, er würde in stetem Wechsel Augenblicke erleben, in denen er dachte, daß er Claire wiedersehen würde (Genf), und Augenblicke, in denen er fühlte, daß er sie für immer verloren hatte (Toulon).

Sonia war nun aus seinen Gedanken verschwunden. Immer öfter ging er nicht zu ihr ins Hotel, obwohl sie dort auf ihn wartete. Wenn sie ihm Vorwürfe machte, wiederholte er mechanisch, daß das Leben kein langer ruhiger Fluß sei. Da er auf das fixiert war, was er selber durchstand, war ihm Sonias Leiden gar nicht bewußt. Von seinem veränderten Verhalten verletzt, steuerte sie eines Tages auf sein Büro zu, um die Sache geradezurücken. Sie stellte ihn zur Rede:
«Warum meidest du mich?»

Jean-Jacques schaute sie an, als handele es sich um eine Erscheinung der Heiligen Jungfrau.

«Ich ... ich ...»

«Was hat unsere Geschichte für einen Sinn? Kannst du mir das sagen? Ich versteh dich nicht mehr, echt. Erst sehen wir uns jeden Abend ... und dann gehst du plötzlich mitten in der Nacht und läßt dich nicht mehr blicken. Habe ich was falsch gemacht?»

«...»

«Rede doch!» brüllte sie und bereitete damit der monatelangen Megadiskretion in ihrer Beziehung ein Ende.

Dieses Schreien rief Jean-Jacques wach. Er wurde aus seiner Lethargie gerissen.

«Ja, verzeih mir, Sonia ... Ich bin so feige gewesen ... Ich hätte schon lange mit dir reden müssen ...»

«...»

«Ich liebe Claire ... das ist alles, was ich dir sagen kann ... Ich liebe Claire, und ich fürchte, daß ich sie verloren habe ...»

«Warum hast du mir nichts davon erzählt?»

«Das konnte ich nicht. Und außerdem wußte ich es nicht.»

«Du tust mir leid ...»

Sonia setzte ein Lächeln auf und holte dann Luft:

«Warum verliebe ich mich in Typen wie dich? Ich gebe ihnen alles, und sie sind es nicht wert.»

Mit diesen Worten verließ sie sein Büro; immer noch lächelnd. Und dann, nach einigen Metern, ging ihr Lächeln in Tränen über. Sie war so böse auf ihn. Er hatte sich so erbärmlich verhalten. Er hatte sich auf so eine schonungslose Art von ihr abgewendet. Sie machte also kehrt, betrat noch einmal das Büro und scheuerte ihm eine mit aller Kraft.

Als Jean-Jacques wieder allein war, faßte er sich an die angegriffene Backe. Er zog einen in einer Schublade lagernden Spiegel heraus und betrachtete Sonias Hand in seinem Gesicht. Es war wie eine Spur, die sie hinterließ. Wieder und wieder sah er die Hand an, wartete darauf, daß sie sich entfernte, daß die Spur sich endgültig verwischte und somit das Ende besiegelte. Die Hand, die er so geliebt hatte, die Hand, die seinen Körper liebkost und die ihn zum Orgasmus geführt hatte. Nun denn, jetzt verließ ihn diese Hand aber gründlich, da ein schwächender Schmerz anschwoll. Ein paar rote Pigmente, dann färbte sich das Zeichen zartrosa, wie eine Wolke am Abend. Vorbei.

*

Es war vorbei, doch dreimal wird uns Sonia noch begegnen. Und um es gleich zu sagen, das dritte Mal wird in mehr als dreißig Jahren sein.

*

Der Bruch mit Sonia stürzte ihn in eine äußerst absurde Leere. Er fragte sich, ob das alles nicht ein von der Wollust in Auftrag gegebener Traum gewesen sei. Wohl wahr, daß sie ihn verwirrt hatte, mit ihrem Satz über die sieben glücklichen Jahre. Aber hätte ihn dieser Satz so verwirrt, wenn sie ihn im Rollkragen ausgesprochen hätte? Sie war nackt an jenem Tag.

Und die Worte einer nackten Frau sind immer interessanter. Er ließ die vergangenen Monate Revue passieren und fragte sich ernstlich, wozu das alles gut gewesen war. Sonias Körper schien ihm schon weit entfernt zu sein, er hatte Jean-Jacques mit einer undeutlichen Erinnerung zurückgelassen, mit einer Erinnerung, deren man sich künftig beim Schwelgen in sexuellen Phantasien nicht bedienen könnte. Sollte er eines Tages versuchen, beim Onanieren an sie zu denken, sähe er sich einer glatten Wand gegenüber. Er würde die Augen schließen und probieren, sich vom Klang ihrer Stimme leiten zu lassen, doch um den Gipfel zu erreichen, würde er unbedingt andere Frauen brauchen. Nichts würde er behalten, das Leben war umsonst.

Jean-Jacques betrachtete seine Adern und kam nicht von dem Befund los, was für Möglichkeiten doch der Tod böte. Ein Schnitt genügte, die menschliche Haut war so zart, geradezu ein Aufruf zum Tranchieren. In solchen schweren Augenblicken dachte er an seine Eltern zurück. Ihr Tod war zu schlagartig gekommen, der plötzliche Schock hatte jegliche Verdauung verhindert. Vor allem erzeugte diese totale Entwurzelung eine innere Haltlosigkeit. Angesichts der Situation, die er durchmachte, war er davon überzeugt, nicht so zu sein wie die anderen. Sein Niedergang war der eines Mannes ohne Eltern, der jäh seine Kindheit hatte aufgeben müssen. Wenn er abends nach Hause kam, gab er seiner Tochter einen Kuß, und er unterhielt sich mit ihr, aber nie sehr lange. Den Fernseher schaltete er nicht mehr an. Er betrachtete Caroline und war erleichtert, wenn er sah, wie vollkommen sie sich mit

Louise beschäftigte. Die einfachsten Dinge, etwa ein Essen in der Mikrowelle aufwärmen, kamen ihm wie heikle Unternehmen vor, die einzig das junge Mädchen anmutig auszuführen wußte. Ein normales Leben erschien ihm unmöglich.

Caroline beobachtete ihn. Jean-Jacques machte in ihrem Blick einen Anflug von Verachtung aus. In ihrem Alter konnte sie die Fülle des Gewichts, das ihn erdrückte, nicht verstehen. Sie sah nur den sexbesessenen Mann, der jetzt, wo seine Frau weg war, an seinen Fingern herumkaute. Und schlimmer als alles andere war, daß er mit seiner Lage so überhaupt nicht fertig wurde und erbärmlich auf dem Sofa dahinvegetierte. Ihr Urteil war streng, aber sie hatte nicht ganz Unrecht. Sie konnte noch nicht wissen, wie sich das Leben als Paar im Lauf der Jahre anfühlt. Indem der geschlechtliche Verkehr immer seltener wird, schmelzen die Grundsätze dahin. Später würde sie begreifen, daß ein Leben, das geteilt war in eine Familie und eine eher sexuelle Selbstverwirklichung, einen vor eine so klischeehafte wie deprimierende Wahl stellte. Die Art von Wahl, die einen in das Sofa hineindrückt. In zwanzig Jahren würde sie ihren Mann betrügen, weil ihr Mann sie seit Jahrzehnten nicht mehr angefaßt hat. Und sie würde versucht sein, Preise zu vergleichen, um das beste aller möglichen Sofas zu kaufen.

Caroline war blond. Sie hatte eine Sonne in der Stimme, oft war es aber bewölkt. Fast eine Gebirgssonne. Sicher der Typ Frau, der irrsinnige Leidenschaften entfesseln konnte, auch wenn man nicht recht wußte, warum. Der Typ Frau, der sich totstellen konnte, wenn er im Herzen eines Mannes zu lebendig war. Über all das zu reden wäre verfrüht, weil ihr Charakter mit neunzehn Jahren noch nicht ausgereift war. Konzentrieren wir uns lieber auf etwas Wichtiges hinsichtlich Caroline, das noch nicht gesagt wurde. Anstatt es einfach zu sagen, stellen wir besser die Situation dar, die für Jean-Jacques eine Offenbarung war. Die Szene fand statt, kurz nachdem er den Hörer aufgelegt hatte. Er verständigte sich eben mit Ibàn, und letzterer informierte ihn über die neuesten Entwicklungen in seinen Ermittlungen. Was Claires Zeitplan anging, verfolgte er noch keine ernsthafte Spur. Jean-Jacques war niedergeschlagen. Er legte auf und goß sich ein Glas Bourbon ein. Seine Tochter schlief, und Caroline räumte gemächlich den Tisch ab. Als sie sich niederbeugte, bot sich Jean-Jacques' durcheinandergeratenem Blick ihr Hintern dar. Seine Blicke folgten ihr in die Küche und sogen den weiblichen Gang, der im aus Alkohol und Depression zusammengesetzten Dunst zu etwas Engelsgleichem wurde, vollständig in sich auf. Jenseits ihrer Kühle und Schönheit war da etwas ziemlich Ausgeklügeltes an ihr, das ihm gefallen hatte und das er nicht gleich bestimmen konnte. Ihre Waden vielleicht. Ihre seltsamen Ohren bestimmt. Oder war da etwas, was er schon vorher gemocht hatte und was jetzt, da sein Bewußtsein taumelte, in ihm erwachte? Etwas Vergrabenes, das er bereits an Caroline bemerkt hatte und das nun in neuem Entzücken wiedererstand.

Als Caroline in der Küche war und vielleicht die Fenster putzte oder den Abwasch machte, was wahrscheinlicher war, gestattete sich Jean-Jacques, sie zu rufen, um sie etwas zu fragen. Sie erschien zwischen Tür und Angel und stand nicht mehr richtig in der Küche, betrat aber auch nicht ganz das Wohnzimmer. Die physische Zwiespältigkeit zwischen Räumen, das ist es, was noch nicht über Caroline gesagt worden war. Und Jean-Jacques konnte nicht umhin, in Betracht zu ziehen, daß sie ein erotisches Verhältnis zu Türen hatte.

IX

Auch Claire taumelte zwischen den Gemütslagen hin und her. Sie war in euphorisch-sinnlichen Glücksmomenten genauso vorzufinden wie in solchen schierer Angst, in denen sie ihre Tochter schrecklich vermißte. Daß sie in ihren Stimmungsschwankungen vereint blieben, wußte weder Jean-Jacques noch Claire. In der Trennung gingen sie im Gleichschritt, gleichzeitig deprimiert, gleichzeitig erleichtert.

Claire brauchte Ruhe, weil die schwierige Situation ihre Nerven manchmal zu sehr beanspruchte. Igor und sie gingen selten weg, sogar am Abend blieben sie vor dem Fernseher sitzen und schauten sich stupide Sendungen an, bei denen man abstumpft und die ein frischgebackenes Paar normalerweise eigentlich nicht sehen wollen kann. Ihre Anspruchslosigkeit (und vor allem die Umstände ihrer Begegnung) fegten die Monate hinweg, in denen uns die Wonne dazu antreibt, mehr zu scheinen, als wir sind. Nie würden sie diese Phase erfahren, in der man sich dazu zwingt, in belanglose Ausstellungen zu gehen, langweilenden Freunden zuzuhören und in Restaurants zu essen, die nicht einmal italienisch sind (man muß so tun, als wäre man begeistert vom exotischen Charme).

Seit der Erwähnung von *Der Himmel über Berlin* wollte Igor mit Claire nach Berlin fahren. Er hatte sich für eine Flugreise entschieden. Er war davon überzeugt, daß dies das beste Mittel sei, um eine Flugangst zu bekämpfen: mit jemandem zu fliegen, der genausoviel Angst hatte wie man selbst. Die Aufmerksamkeit, die man dem anderen schenken darf, unsere Bemühungen, ihn zu trösten, lindern unsere eigene Angst. Er hoffte von ganzem Herzen, daß sie mit dieser dreitägigen Reise einverstanden wäre. Er hatte sich mit ihr in einem Café verabredet und war, wie es seine Gewohnheit war, zu früh dran gewesen. Er wollte immer sehen, wie sie hereinkam. Höher als alles andere achtete er den Augenblick, in dem ihr Blick ihn suchte. Den Augenblick, wo er sie sah und sie ihn noch nicht sah. Genau in diesem Augenblick erfährt man, was der andere von uns denkt. Igor war erleichtert, denn er erkannte in der Sekunde, in der Claire ihn sah, das Verlangen in ihrem Blick. Sie bahnte sich geschwind den Weg zu ihm. Die Leute redeten, die Leute rauchten. Sie gab Igor einen Kuß auf die Stirn, und der Kuß war entsetzlich kurz:

«Entschuldige, ich muß aufs Klo.»

Igor lächelte sie an. Sogar solche Worte liebte er an ihr.

Einige Sekunden später sah Igor überraschend seinen Cousin Ibàn im Café aufkreuzen. Ein merkwürdiger Zufall war das. Igor winkte. Ibàn wirkte peinlich berührt, aber das war nur sehr kurz. Er ging zu Igor hinüber, schwenkte dabei weiter leicht den Nacken umher und führte winzige Rotationen aus, wie sie einzig ein Beschattungsprofi wie Igor wahrnehmen konnte. Sie umarmten sich.

«Wie geht's?» fragte Igor.

«Geht schon, paß mal auf ... ich stecke gerade mitten in der Arbeit ...»

«Ja, das habe ich gemerkt. Setz dich, mit uns wirst du nicht entdeckt werden.»

«Ja, stimmt ... Aber ich muß wachsam bleiben ... Es ist sehr schwer, dieser Frau auf den Fersen zu bleiben ...»

«Welcher?»

«Diese Frau ist auf der Flucht. Aber ich sage dir nichts, ihr Mann ruft mich ständig an.»

Claire kam vom Klo zurück. Mit eiligen Schritten kam sie auf Igors Tisch zu. Ibàn erspähte sie, was ihn fürs erste erleichterte. Er hatte die Spur dieser zähen Frau nicht verloren. Aber die Erleichterung war vorübergehend. Claire näherte sich seinem Tisch, daran bestand nicht der geringste Zweifel, ihr Schritt zauderte nicht im geringsten, als sie auf ihn zu marschierte. «Ich bin entdeckt», dachte er. Und gleich denjenigen, die im Sterben ihr Leben an sich vorüberziehen sehen, erinnerte er sich blitzartig an all die glorreichen Jahre der Beschattung und konnte nicht anders, als diese erste Schlappe als den Beginn eines Niedergangs zu betrachten. Ein Teil von ihm würde sterben. Dennoch versuchte er, in seinem Stuhl zu versinken, man konnte ja nie wissen, und tat es mit einer beachtlichen Begabung, die Wirbelsäule zusammenzuklappen. Aber es war zu spät. Claire schaute ihm tief in die Augen. Ibàn stammelte etwas kaum Hörbares. Igor fiel ihm ins Wort:

«Claire, ich möchte dir meinen Cousin Ibàn vorstellen.»

Ibàn richtete sich plötzlich wieder auf. Er streckte die rechte Hand aus, um Claire die Hand zu schütteln. Mit bestürztem Blick sah er sie an. Ibàn kannte jede Einzelheit ihres Gesichts, er setzte seinen Mund in Klammern. Igor faßte die Emotionen seines Cousins als den reinen Ausdruck einer Verwirrung beim Anblick der Schönheit auf. Er konnte einen gewissen Stolz nicht eindämmen. Es war außerdem das erste Mal, daß ihn jemand, der ihn kannte, in Claires Gesellschaft sah. Sie gab plötzlich zu:

«Es ist eigenartig, aber ich habe den Eindruck, Sie schon einmal irgendwo gesehen zu haben.»

«Bestimmt hast du ihn im Katalog bei Dubrove gesehen», sagte Igor. «Ibàn ist auch Detektiv.»

«Ach ja. Das muß es wohl sein!»

«Er ist übrigens gerade auf Streifzug», setzte Igor hinzu.

«Ach so?» strahlte Claire. «Ihr Gewerbe hat mich immer fasziniert. Würden Sie uns sagen, wen Sie verfolgen? Wir sind verschwiegen, versprochen» (sie legte den Finger auf den Mund).

«Ich ... Öh ...»

«Los, sag's uns», eiferte sich Igor. «Ich kann dir auch ein bißchen unter die Arme greifen, wenn du willst.»

«Ich ...»

«Berufsgeheimnis, stimmt's?»

«...»

«Er verfolgt eine Frau.»

«O je, Frauen, die sind am schwierigsten zu verfolgen» (als Claire diesen Satz aussprach, fegte ihr Blick auf der Suche nach der verfolgten Frau durchs Café).

«Jawohl», schloß sich Igor an. «Frauen haben immer irgendwie etwas Eiliges an sich. Sie jagen durch Straßen und Gebäude, und wir verlieren sie leicht aus den Augen ... Und mir ist oft aufgefallen, daß das mit der Schönheit Hand in Hand geht: Je schöner eine Frau ist, desto leichter verliert man sie aus den Augen. Ist dir das nicht aufgefallen, Ibàn?»

«...»

«Wie ist sie, die Frau, die du verfolgst?»

Ibàn schaute Claire tief in die Augen, bis auf den Grund. Er stand überstürzt auf und verließ das Café. Igor rühmte seine hohe Professionalität. Sein Cousin war von jener Sorte, die jedwedes Gespräch abbrach und jedweden gesellschaftlichen Plunder auf der Stelle demütigte, wenn der Fortgang der Ermittlung es erforderte. Claire wirkte nicht überzeugt und fand diese absurde Flucht reichlich seltsam und vor allem nicht sehr unauffällig. «Ich glaube, unsere Fragen waren ihm lästig», dachte sie sich. War er vielleicht auch so schüchtern wie sein Cousin? Das erschien ihr unwahrscheinlich. Schüchterne schauen einen nicht mit einem solchen Entsetzen an. Just in diesem Moment hätte man glauben können, daß Ibàn der russische Cousin war. Diese durchdringenden Augen, die so weich und zugleich so stürmisch waren, hatten ein Rußland im Blick.

Nachdem er draußen war, brütete Ibàn über seiner Wut. Er rief sogleich bei Dubrove an, um ein Gipfeltreffen zu arrangieren, bei dem die Befremdlichkeiten aufgeklärt werden sollten. Ihm war sehr übel zumute. Nicht weil er viel Energie aufgeboten hatte in einer Ermittlung, die in zwei Minuten hätte erledigt sein können (deswegen hätte Dubrove ihm sagen müssen, daß Igor die Frau von dem Foto kannte), sondern weil er die ganze Situation nicht begriff. Was hatte sie mit seinem Cousin zu schaffen? Der sich derart über ihn lustig gemacht hatte? Während seiner Ermittlungen war etwas Merkwürdiges in seinem Kopf passiert. Nie zuvor hatte er diese Art von Gefühlen gehabt. Und jetzt zerschellte alles in einer Farce. Er war auf seinen Irrwegen nach Roissy gefahren und hatte Claires Kolleginnen getroffen. Er war wie bei jeder Ermittlung in das Leben dieser Unbekannten eingedrungen. Das war der Reiz seines Berufs; aber das war auch ein Abgrund. Anfangs hatte er geglaubt, Zuneigung zu ihr zu empfinden. Und dann hatte das einer Besorgnis Platz gemacht. Er wußte, daß sie sich bei ihrer Tochter meldete, aber wie sie ihre Familie verlassen hatte, war sehr rücksichtslos. Er empfand also bestimmt Mitleid für diese Frau, die eine schreckliche Zeit durchmachte? Seine wachsende Aggressivität würde bestimmt auch daher kommen: die Kluft zwischen der Frau, die er sich vorgestellt, und der selbstverwirklichten Frau, als die sie sich entpuppt hatte.

Igor mußte sich bei Claire entschuldigen. Soeben erhielt er eine dringende Nachricht von Dubrove: Er war unverzüglich zu einer Sitzung geladen worden. Er gab ihr einen Kuß auf die Stirn und strich bewegt über die Flugtickets, als handelte es sich um das Haar seiner zukünftigen Kinder. Er fand, daß das Leben großartig war. Er liebte die schönste Frau auf der Welt, sie würden nach Berlin fahren, und jetzt kamen auch noch dringende berufliche Angelegenheiten hinzu. Das war das Triptychon eines sagenhaften Lebens. Auf der Taxifahrt ins Büro berauschte er sich an diesem Teil seiner Existenz. Er wollte mit dem Chauffeur reden, Späße machen, geistvoll sein, wie er selten dazu fähig gewesen war. Der Chauffeur stänkerte herum, verfluchte die anderen Autos und das Leben im allgemeinen. Sie bildeten ein merkwürdiges Duo. Zwei Pole menschlicher Gemütslagen. Der Chauffeur ließ sich zu einigen rassistischen Äußerungen hinreißen; Äußerungen, die Igor ein Lächeln entlockten; Äußerungen, bei denen er ein andermal an die Decke gegangen wäre. Um ihn herum war alles im Fluß. Claire hatte sein Leben in eine glatte Fläche verwandelt, eine Fläche, durch die all die porösen Dummheiten hindurchsickerten und ihn nicht einmal kratzten. Das Glück macht uns tolerant; oder eher unempfänglich für die Intoleranz der anderen.

*

Claire machte der Gedanke an die Reise nach Berlin glücklich. Auch wenn das Glück ihr ein wenig Angst machte. Auch wenn die Reise viel zu bedeuten hatte. Bedeutete, daß sie einen Fuß in ein neues Leben setzte. Bedeutete, daß sie nicht mehr viel zur Hand hatte, um sich zu widersetzen, um jemals wieder umzukehren.

*

Als Igor das Büro von Dubrove betrat, war er überrascht, dort seinen Cousin wiederzusehen. Und er war noch mehr überrascht, als er hörte, daß sie die Sitzung nur zu dritt abhalten würden. Das hier war ihr Jalta. Ibàn rotierte wie ein rotierender Löwe im Käfig und brüllte:

«Was ist das hier für ein Saustall? Ich setze alles daran, eine Frau zu finden. Ich renne Straßen rauf und runter, ich stelle Leuten Fragen und stelle mir selber Fragen ... Und nach tagelangen Anstrengungen, da spüre ich sie dann auf, wie sie seelenruhig mit meinem Cousin turtelt. Nein, also echt, was ist das hier für ein Saustall?»

«Was?» fiel Igor ein. «Du suchst nach Claire? Was ist das hier für ein Saustall?»

Als die beiden Sauställe zusammengeführt waren, konzentrierte sich die Aufmerksamkeit auf Dubrove. Dicke Schweißtropfen umkreisten ihn und schienen bereit, in die verborgenen Winkel seines Gesichts zu triefen. Er klärte auf und wischte sich ab. Igor erfuhr, daß Jean-Jacques seine Frau suchte. Und Ibàn erfuhr, daß diese Frau eine Klientin gewesen war, bevor sie zu einem Foto wurde. Schließlich gestand Igor, daß er in einer Liebesbeziehung zu dieser Frau stand, die für ihn weit mehr als eine Klientin und als ein Foto war.

Ibàn wandte sich an Dubrove und regte sich auf:

«Was ich nicht verstehe, das ist, warum du mir nichts gesagt hast? Ich wäre um einiges schneller gewesen, wenn ich bei Igor vorbeigeschaut und ihn gefragt hätte, was er weiß von der Frau!»

Und genau in diesem Moment brachte Dubrove diesen Ausspruch hervor, der absolut charakteristisch für ihn war. Diesen Ausspruch, bei dem es unmöglich festzustellen ist, ob er pure Dummheit ans Licht brachte oder den Anspruch, Grundsätze in Ehren zu halten.

«Berufsgeheimnis. Ich wollte das Berufsgeheimnis wahren.»

Seine Neffen schauten ihn mit Bestürzung an, vor allem Ibàn, der am Rande des Gehirnschlags stand.

«Du meinst, daß du vor dir selber ein Berufsgeheimnis gehütet hast? Bist du ein Geheimnisumweber?»

«...»

«Du meinst, du hast mir eine Ermittlung übertragen, und du hast mir im Namen des Berufsgeheimnisses nicht verraten, was du gewußt hast ... Ist denn das Ziel nicht auch, Fachwissen zu haben?»

«...»

«Ich kann's gar nicht fassen. So etwas habe ich noch nie erlebt.»

Ibàn ließ sich aufs Kanapee fallen. Selten hatte er so viel investiert in eine Ermittlung.* Er erklärte seinem Onkel, daß es eine Schande sei, einen Klienten so zu behandeln, und daß man mit der Verzweiflung von Männern, die von ihren Frauen verlassen werden, nicht spielen dürfe. Dubrove versuchte, irgend etwas zu stammeln. Den ganzen Tag lang mußte er Zigarren rauchen, in der Hoffnung, daß eine schöne Frau sein Büro betrat, während die Familie die Stadt beschattete. Ja, er schämte sich:

«Entschuldige. Aber was hätte ich denn machen sollen? Die Situation war absurd. Ich dachte, wir dürften das nicht verwenden, was wir schon von ihr wußten ... Entschuldige, Ibàn ... Ich gebe dir frei! Genau, nimm dir mal Urlaub ...

---

* *Diese Feststellung wird übrigens einen entscheidenden Einfluß auf den Fortgang dieser Geschichte haben (der Baske macht sich in der Literatur rar, macht es sich aber sehr schnell bequem, wenn er eingeladen wird).*

Und was Igor angeht, da schwöre ich dir, daß ich keine Ahnung hatte.»

Nun war Igor an der Reihe, nun war er die Zielscheibe der Blicke. In der allgemeinen Aufregung war ein wesentlicher Aspekt dieser Affäre untergegangen: Igor hatte eine Liebschaft mit dieser Frau. Das war vielleicht das eigentliche Thema dieser Gipfelkonferenz. Igor fühlte sich verpflichtet, sich zu äußern, und erklärte schlicht, was zwischen Claire und ihm vorgefallen war, in welchem Maße er sich verändert habe und daß er nicht mehr schüchtern sei. Dubrove und Ibàn malten sich in faszinierten Träumereien die Geheimwaffen einer Frau aus, die ein Schüchternheitsungeheuer niederzustrecken wußte. Der immer noch aufgebrachte Ibàn machte weiter:

«Das gibt's doch nicht. Das kannst du doch nicht machen! Das ist gegen jede ...»

«Was?» sorgte sich Igor.

«Du kennst den Jammerlappen nicht, den ich als Klienten habe. Das kannst du mit ihm doch nicht machen ... Du kannst doch keine Beziehung ruinieren!»

«Ich ruiniere überhaupt gar nichts!»

«Doch, du ruinierst eine Beziehung! Das ist schändlich! Außerdem haben sie eine Tochter, du widerst mich an.»

«Ich liebe sie. Und sie mich auch, glaub ich.»

«Von wegen. Das ist reiner Egoismus. Ich sage dir, daß sie eine kleine Tochter haben.»

«Da kann ich doch nichts dafür. Ich zwinge sie zu nichts.»

«Doch! Du zwingst sie. Ich kann mir dich sehr gut vorstellen. Du spielst den russischen Cineasten, und die Sache ist geritzt ... Sicher wirst du mit ihr eine Reise machen, so was Geistig-Romantisches, so was wie Wien ...»

«Berlin ...»

«Das ist das Schlimmste! Berlin, erzähl mir nicht, daß du mit ihr eine Reise nach Berlin machst.»

«Doch. Na und?»

«Ich wette, daß das mit *Der Himmel über Berlin* zusammenhängt.»

«Woher weißt du das?»

«Ich weiß das, weil das alles typisch ist. Ihr spielt da was, das es nicht wirklich gibt. Ihr schwindelt euch was vor, und du vergißt, daß sie ihre Beziehung ruiniert.»

«Hör auf! Dafür kannst du mich nicht verantwortlich machen.»

«Da haben wir's, du entziehst dich deiner Verantwortung!»

«Gefällt dir Claire, oder was?»

«Nein ... Ich will das jetzt lieber hier abbrechen. Sag ihr, daß ihr Mann einen Privatdetektiv engagiert hat, damit er nach ihr sucht, und schau ihr dabei richtig in die Augen.»

«Du bist sonderbar, Ibàn.»

«Vielleicht bin ich sonderbar, aber schau ihr in die Augen.»

«Mir kommt's so vor, als ob du gegen mein Glück wärst. Als ob die Vorstellung, daß ich glücklich sein könnte, dir nicht passen würde.»

«Das ist es nicht, das schwör ich dir. Was mir nicht paßt, das ist, daß das alles bestimmt nicht lange dauert. Wenn du zurück bist, wirst du mich besuchen kommen und mir recht geben. Und dann wird es vielleicht zu spät sein.»

«Du spinnst. Du spinnst, weil sie dir nämlich gefällt.»

«...»

«Gefällt sie dir?»

«...»

«Gefällt sie dir?»

«...»

«Gefällt sie dir?»

«Was weiß ich.»

Nie war das Büro Schauplatz eines derartigen Wortwechsels gewesen. Es herrschte die Konfusion. Ibàn verkündete beim Hinausgehen:

«Ich rufe meinen Klienten an, damit er einen Termin mit dir vereinbart.»

«Aber was soll ich ihm denn sagen?» beunruhigte sich Dubrove.

«Dir wird schon was einfallen, du bist der Chef ...»

Nach einer Pause hatte Ibàn angefügt:

«Du brauchst ihm bloß zu erzählen, daß sie russisch lernt!»

«Sehr spaßig», lachte Igor nicht.

Die Cousins gingen davon. Dubrove wischte sich die Schläfen ab. Er wußte nicht, was er tun sollte. Doch sehr rasch erhob er eine Maßnahme zu seiner Pflicht; eine wichtige Maßnahme, die ihn nach so einem Aufruhr fröhlich stimmen würde. Es war seine Art, immer das Gute an den Dingen zu sehen, den geglückten Teil des Schauspiels. Nach

dem, was er erfahren hatte, holte er aus seiner Schreibtisch-
schublade den Ordner mit den Ermittlern heraus. Und er er-
höhte Igors Preis.

X

Seit Édouards verbalen Ausschreitungen gegen das Leben zu zweit wollte sich Jean-Jacques ihm nicht mehr anvertrauen. Die Rolle des Vertrauten hatte im Zuge ihrer Gespräche langsam Ibàn übernommen. Auch wenn dieser nicht die Worte fand, ihn zu trösten, so half doch der Gedankenaustausch Jean-Jacques, bestimmte Abende zu überstehen. Er redete dann von Claire und feilte am Mythos. An diesem Abend hatte Ibàn zum ersten Mal Neuigkeiten für ihn:

«Jean-Jacques ... Ich will, daß Sie wissen, daß ich unsere Unterhaltungen zu schätzen gewußt habe. Ich finde, Sie sind ein achtbarer Mann.»

«Warum sagen Sie das zu mir?»

«Weil das unsere letzte Unterhaltung sein wird.»

«Sie brechen die Ermittlungen ab?»

«Ja, ich muß verreisen. Mehr kann ich Ihnen nicht sagen. Dubrove wird Ihnen mehr Auskünfte geben.»

«Warten Sie! Wissen Sie etwas Neues?»

«Ich muß aufhören.»

«Aber ...»

Jean-Jacques lauschte aufmerksam dem Piepen. Sein Gesprächspartner hatte aufgelegt. Das war doch nichts als ein kleiner Scheißer. Wie konnte er ihm einen solchen Schlag versetzen? Ihn so in der Ungewißheit lassen. Doch dann erinnerte er sich an Momente, in denen er Ibàn zugehört hatte.

Das war bestimmt kein kleiner Scheißer. Er mußte seine Gründe haben. Jean-Jacques drehte sich die ganze Nacht im Kreis. In seinem Innersten wußte er sehr gut, daß Ibàn ihm auf seine Weise gesagt hatte, daß Claire mit einem anderen Mann zusammen war. Daß ihre Geschichte vorbei war. Er stellte sich also vor, wie er am nächsten Tag in Dubroves verqualmtem Büro Negative betrachten würde, auf denen seine Frau einen anderen Mann küßte. In seiner Phantasie küßte Claire einen Schnauzbärtigen. Das Foto müßte behaart sein, auch wenn es dadurch abstoßend war. Dies hatte ihn eigenartigerweise beruhigt. Claire war mit einem anderen Mann zusammen. Genau, es war alles vorbei. So war das Leben. Zwei plus zwei gleich vier. Benommen von den einfachen Gedanken, saß Jean-Jacques auf dem Bett und sah seine Zukunft vor sich. Es war eine Zukunft ohne Claire. Er fühlte sich nicht unglücklich. Natürlich war das eine erste Phase, das hing bloß mit der Erleichterung zusammen, endlich Bescheid zu wissen. Vielleicht war dieser Mann ganz in Ordnung. Er hörte Dubrove schon reden, wie er ihm mit bewegter Stimme erzählte, was man von diesem Mann wußte. Wahrscheinlich war es ein subventionierter Künstler, für den das Leben leicht war. Seine Arbeit würde auf jeden Fall nichts mit Geldgeschäften zu tun haben. Wenn man jemanden verläßt, dann macht man das der Abwechslung halber. Sein Name war wahrscheinlich Luc, ein kurzer Vorname, ein reizloser Buchstabensalat. Oder eben ein Schriftsteller. Nein, kein Schriftsteller. Mit den Schriftstellern ist es vorbei. Ein Künstler, der Luc mit Vornamen hieß und einen Oberlippenbart trug. Und wenn man sich vorstellte, daß dieser Lump sich um seine

Tochter kümmern würde. Womöglich hatte er schon ein Kind. Genau, so würde es sein. Das war zur Zeit in Mode. Die Medien lieben Patchworkfamilien. Louise würde mit Marc spielen. Er hieß wahrscheinlich Marc, Lucs Sohn. Louise würde sich mit Marc im Gras wälzen, und Luc würde sich mit Claire in die Bettlaken einwickeln. Ein hübsches Bild würden sie abgeben, diese Patchworkrouladen.

Jean-Jacques legte sich hin, benebelt von der Alkoholeinnahme und den imaginierten Rouladen. Langsam schlossen sich seine Lider, langsam zog sich die Nacht über ihm zu. Als er im Morgengrauen erwachte, sprang er unter die Dusche. Er hinterließ ein paar Zeilen für Caroline, in denen er eine frühmorgendliche Konferenz als Grund für seine überstürzte Flucht angab. Er hinterließ ein paar Zeilen, was war er doch für ein anständiger Kerl. Er tat immer kund, wo er war. Aber irgendwie war das unnötig. Es verlangte nämlich niemand wirklich nach ihm. Niemals hätte er sich träumen lassen, daß seine Frau vor kurzem erst einen Detektiv auf ihn angesetzt hatte. Das war zwar nicht der grandioseste Detektiv, aber es wäre ihm trotzdem warm ums Herz geworden, wenn er gewußt hätte, daß sein Leben eine Bespitzelung wert gewesen war. Er ging nun in das Detektivbüro hinein. Man ließ ihn warten, länger als beim ersten Mal. Und aus gutem Grund, Dubrove war total im Streß. Er raufte sich die Haare, die er gar nicht auf dem Kopf hatte. Warum mußte ihm eine solche Geschichte zustoßen? Er hatte nie etwas Böses getan. Er verdiente das nicht. Er nicht und auch sonst niemand. In den Mäandern einer abgelutschten Ehe zu tauchen war gewiß eine der schlimmsten Sachen, die passieren konnten. Während Jean-Jacques wartete, überlegte Dubrove, was er sagen sollte. Das Leben dieser Ehe würde daran hängen. Seine Worte würden für den Ehemann die Guillotine bedeuten. Die Situation war grausam für jemanden, der im Leben nie die geringste Entscheidung zu fällen gehabt hatte, der nie geheiratet hatte, der immer klein beigegeben hatte, dessen Leben nur aus einer absurden Fassade bestand und der inmitten der Relikte seiner Feigheit sterben würde.

Jean-Jacques ertrug das Warten nicht mehr. Nun ist aber Sense, meinte er (die Sekretärin mochte den Ausdruck). Er überging sie und drang in Dubroves Büro ein.

«Aber Sie haben hier ja gar keinen Klienten!»

«...»

«Sein Name ist Luc, stimmt's?»

«...»

«Sein Name ist Luc, und er hat einen Oberlippenbart, stimmt's?»

«...»

«Und sein Sohn heißt Marc! Ich weiß alles ...»

Jean-Jacques sank auf ein kleines Kanapee, zum Glück stand es da. Er mußte einfach weinen. Die ganze Nacht hatte er die Tränen zurückgehalten, so wie ein Schwätzer ein Geheimnis hütet. Dubrove kam an ihn heran und kniete sich hin. Das war eine merkwürdige Haltung, aber wie soll man sagen, beim Anblick der Verzweiflung eines Mannes offenbarte er, der inmitten der Relikte seiner Feigheit sterben sollte, plötzlich eine, nun ja, ungeahnte Menschlichkeit.

Nichts ist je verloren. Angesichts der Tränen des anderen konnte man in die Tiefe seines Wesens sehen. An jedem anderen Tag in seinem Leben hätte er den wirren Reden seines Klienten zugestimmt. Er hätte diesem Luc sogar noch ein paar schmutzige Details angedichtet. Bestimmt hätte der sich in einen rauschgiftsüchtigen Stripteasetänzer verwandelt? Doch an diesem Morgen sah die Wirklichkeit ganz anders aus.

«Darf ich Ihnen einen kleinen Sliwowitz bringen?» schlug Dubrove vor, der nicht wußte, daß dieser Satz den Depressiven an seine Vergangenheit als ausgeglichener Charakter erinnerte. Schließlich brachte er ihm einen Kaffee.

«Sie täuschen sich ... wissen Sie ... Es ist überhaupt nicht so, wie Sie denken ...»

«...»

«Ich weiß gar nicht, wovon Sie geredet haben. Auf jeden Fall kenne ich keinen Luc ... und einen Marc übrigens auch nicht ... Das sind doch die Vornamen, die Sie gebraucht haben? Ich weiß nicht, ob Sie sich noch an ein anderes Unternehmen als das unsrige gewandt haben, aber was uns betrifft, kann ich Ihnen versichern, daß wir weder einen Luc noch einen Marc jemals ausfindig gemacht haben ...»

«...»

«Das freut mich zu sehen, daß Sie wieder Farbe annehmen ...»

«...»

«Also, um Ihnen gewissermaßen die ganze Wahrheit zu sagen ... öh ...»

Genau in diesem Augenblick war Dubrove an einem toten Punkt angelangt. Wenn der erste Schritt gewesen war, den armen Mann zu beruhigen, was konnte er ihm jetzt sagen? Jean-Jacques' Blick war wieder aufgelebt und bedrängte ihn. Er mußte reden, er mußte etwas sagen. Und da schoß ihm eine Antwort durch den Kopf:

«Sie lernt Russisch ... jawohl, Ihre Frau lernt Russisch.»

XI

Der Flug war turbulent, aber an Bord ihres neugewonnenen Heldenmuts, mit dem sie doch nur gegenseitig ihre Angst annullierten, ertrugen sie ihn in Vollendung. Schwarze Wolken hatten sich mit rosa Wolken abgewechselt, ein unentschlossener meteorologischer Walzer. Claire hoffte auf Sonne für diese drei Tage: In den Reiseführern hatte sie die Seiten über die erhabenen Wälder und Seen rund um Berlin gelesen, die zum Umherschlendern einluden. Igor hingegen hoffte auf schlechtes Wetter, denn er hatte in einem herrlichen Fünfsternehotel ein Zimmer reserviert, in dessen Mittelpunkt das Bett stehen sollte. Egal, welches Land, die hauptsächliche Sehenswürdigkeit war Claire. Dieses Empfinden braucht man keineswegs als anstößig zu erachten, vielmehr beinhaltete es eine religiöse Dimension.

Claire war durcheinander, zum ersten Mal kam sie sich ein bißchen wie eine Ehebrecherin vor. Auch wenn sie sich von Jean-Jacques als getrennt einstufte, schien es ihr doch ein eindeutig stärkeres Stück zu sein, mit einem anderen Mann zu verreisen, als mit diesem Mann zu schlafen. Eine Reise enthielt die vollständige Definition einer Liebesbeziehung. Ganz genau kamen die Automatismen und Schattenbilder zu ihr zurück. Die schlichte Tatsache, im Terminal auf das Gepäck zu warten, während Igor sich nach Mitteln und Wegen ins Stadtzentrum erkundigte, erinnerte sie an exakt den gleichen Moment, den sie in allerlei Städten mit Jean-Jacques erlebt hatte. Das ist das Paradox, wenn ein Pärchen, das sich gerade erst gefunden hat, auf Reisen geht: Man glaubt, die Vergangenheit in die Ferne zu rücken, vertraute Pfade zu verlassen, und doch gibt es für die Erinnerung keine größere Projektionsfläche. Igor wußte nicht, daß es sein Ziel war, dieser Reise kräftig seinen Stempel aufzudrücken, sie in eine neue Mythologie hineinzudrängen. Er mußte ein neues Genf erschaffen. Aber eben ein Genf. Kann man in einem Leben sein Genf zweimal erleben?

Im Taxi, das sie zum Hotel brachte, ganz in der Nähe des Zoologischen Gartens, spürte Igor sehr wohl das Herzklopfen in Claires Innerem.

«Bist du glücklich?» fragte er sie.

Sie gab ihm einen Kuß, und er verstand diesen Kuß als eine Form, ihm nicht zu antworten. Er fing an, in Panik zu verfallen und das Schweigen mit unnützen Wörtern auszufüllen. Er beschrieb das Hotel und sein Prestige, wo ihr doch nichts eine größere Freude bereitet hätte als die Überraschung, es erst im letzten Moment zu sehen.

Und was war das nicht für eine Überraschung.

Das Hotel lag in der Augsburger Straße, und auf den ersten Blick, bevor man auch nur den Namen entdecken konnte, bot sich eine Schweizer Flagge dar.

Sie waren im Swissôtel.

Darin lag etwas Burleskes. Claire begann laut und großspurig zu lachen, wie es gar nicht ihre Art war. Igor wußte nicht, wie er reagieren sollte. Die Schuhe für die Auslandsreise erwiesen sich als etwas zu groß für ihn. Die Hoteldiener, die sich um das Gepäck kümmern wollten, stürmten auf das Pärchen zu und sorgten für eine glückliche Ablenkung. Mit einem gläsernen Aufzug fuhren sie in die erste Etage, wo sich die Rezeption befand. So in die Höhe zu fahren und vor den Augen aller langsam zum Vorschein zu kommen, das war der erste schöne Augenblick in Deutschland. Das Hotel war prachtvoll. Igor hätte sich dann diese Frage verkneifen sollen:

«Warum hast du gelacht?»

«Nichts ... es war einfach die Art, wie sie sich auf uns gestürzt haben, um das Gepäck zu nehmen.»

In ihrer Schweizer Verwirrung hatte Claire die zeitliche Abfolge durcheinandergebracht. Die Hoteldiener waren nämlich mehrere Sekunden nach ihrem Lachen losgestürzt. Ein Zusammenhang zwischen den beiden Begebenheiten war schlicht unmöglich. Claire hatte faustdick gelogen. Von nun an sank die Stimmung unwiderruflich, auch wenn die Gesichter vergnügt schienen. Claire konnte nicht umhin, die Zeichen zu interpretieren. Igor führte sie in das einzige Schweizer Hotel in Berlin. Das war, als ob sich Genf in Berlin einnisten wollte, als ob Jean-Jacques diese Reise nicht zulasse. Zum ersten Mal seit langem dachte sie gefühlvoll an ihren Mann.

Als Igor die Zimmerschlüssel abholte, hatte Claire in der Hotelhalle den Eindruck, daß etliche Männer sie anschauten.

Was den Barkeeper anging, war die Sache in jedem Fall offensichtlich. Claire dachte sich, daß sie schön war. Und dann verstand Claire, daß diese Männer sie anschauten, weil sie in ihr eine Frau sahen, die zu haben war, eine Frau, die nicht verliebt war. Da stürzte sie sich in Igors Arme, wie um allen zu beweisen, daß das nicht stimmte, wie um sich selbst zu beweisen, daß sie nicht zufällig hier war. Igor war erleichtert, ohne auch nur einen winzigen Augenblick lang ahnen zu können, daß er mitnichten die Verantwortung für ihren Trieb trug. Seine Erleichterung war von kurzer Dauer. Ein strahlender Sonnenschein wurde vorhergesagt. An der Rezeption hatte man sogar zu ihm gesagt:

«Sie haben Glück. So ein Wetter zu dieser Jahreszeit ist sehr selten.»

Igor hatte keinen Ton hervorgebracht. Wie konnte ein Hotelangestellter, mit viel Erfahrung mit der Kundschaft, einem Mann, der in Begleitung einer schönen Frau war, in die Augen schauen und ihm sagen, daß er Glück hatte, weil die Sonne schien? Dieser Mann nahm ihn nicht ernst. Igor bemerkte die fröhlichen und spottenden Blicke mancher Männer, er war nicht paranoid. Bestimmt war das die Eifersucht? Oder lag es vielleicht an ihm? Da er sich einer solchen Reise nicht gewachsen fühlte, strahlte er womöglich ungewollt eine lachhafte Schwachheit aus. Sein Drang, alles recht zu machen, sein ungeordnetes Zartgefühl, das konnte man alles spüren, und das roch alles nach mangelnder Erfahrung. Das Zusammensein mit einer schönen Frau schüttelt man nicht aus dem Ärmel. Immerhin hatte Igor genügend melancholische Jahre verbracht, um jene Nonchalance zu erreichen, die klar eine verliebte Macht erkennen läßt. Konnte es sein, daß das nicht ausreichend war? Im Grunde spürte Igor wohl: Es war Claires Lust, die nicht ausreichend war. Wenn die Partnerin seelenlos ihren Text herunterspulte, konnte auch der größte Schauspieler im schönsten Stück nichts machen.

So einfach war die Sache offensichtlich nicht. Und auf ihrem ersten Spaziergang leuchteten, wie während der ganzen Reise, Blitze der Zärtlichkeit auf. Es herrschte eine Grenzatmosphäre. Ihre Freude, ihre Geschichte, alles stand am Rande zu etwas Schönem und Höherem. Aber diese paar Meter, die sie noch zurückzulegen hatten, um in ein anderes Leben hinüberzugelangen, waren schrecklich. In keiner Stadt kommt mehr Grenzstimmung auf als in Berlin. Im weiteren Sinne war das eine Passagenstadt. In Berlin liebt man anders. Es reicht, ein paar Meter zu gehen, um ein anderer zu werden, um einen Mann oder eine Frau zu verlassen. Und all diese Viertel, die aus heiterem Himmel kamen, bezeugten die schiere Überspanntheit einer neuen Passion; einer Passion, die so tat, als vergäße sie die Ruinen der vorangegangenen Passion, die dennoch so nah waren. Eine Passagenstadt, die im Gemisch der Gattungen und Epochen und mit all den bunten Neurosen des modernen Liebeslebens die reinste Verwirrung ist.

Da blieb ein Ort, der noch immer außerhalb der Zeit lag.

Die Bibliothek.

Die Bücher waren das erste, was das Pärchen in Berlin besichtigte. Sie fuhren in die Staatsbibliothek in der Nähe des

Potsdamer Platzes, in dieses Viertel, das sich zum Zeitpunkt ihrer Reise mitten im Bau befand. Obwohl sie modern war, die Bibliothek, schien sie vor diesem Hintergrund aus einer anderen Zeit zu kommen. Claire wollte diese Stätte besichtigen, weil Wim Wenders für *Der Himmel über Berlin* hier viele Szenen gefilmt hatte. Das waren sicher die schönsten Momente des Films, wenn die Engel sich, am Abend, wieder bei den Büchern trafen. Die runden Lichtkugeln verliehen diesem magischen Ort einen Schimmer von Weltraum (von Mondlandung). Claire war in Gedanken auf dem Mond, tauchte in einen Schwarzweißfilm ab und vergaß für die Zeit der Pilgerfahrt ihr Leben. Es war immer eine sonderbare Erfahrung, sich an den Drehort eines Films zu begeben, den man gemocht hat. Man verglich alles, man konnte sich schwer vorstellen, daß an einem längst vergangenen Tag Wim Wenders und seine Crew diesen so besinnlichen Ort mit dem Lärm und dem Gepolter von Kino vollgestopft hatten. Was blieb einem außer der Vorstellung? Unglaublich viele Leute vor ihr mußten aus dem gleichen Grund wie sie an diesen Ort gekommen sein. Igor dagegen fühlte sich aus diesem Moment komplett ausgeschlossen, aus der Projektionsfläche verbannt. Claire hatte sich in ihre Welt abgekapselt und masturbierte mit der eigenen Mythologie.

Igor vermochte nicht, gegen den Wink anzukämpfen, den das Leben gab, gegen die Steine, die sich in unsere Wege legen, um uns gegen unseren Willen zu leiten. Nach dem Schweizer Hotel ging es nun um die Spuren eines Films. Wenn diese Besichtigung auch vorsätzlich gewesen war, so waren die von

Claire empfundenen Gefühle doch eindeutig über den Vorsatz hinausgegangen. Das Befremden war da, es floß in ihren Adern und durch ihr Herz. Der Zauber des Films holte sie ein. Sie hörte deutsche Wörter und erinnerte sich an all die Male, die sie den Film mit Jean-Jacques gesehen hatte. Igor spürte sehr wohl, daß Claire ihm entglitt. Auf eine undeutliche, aber augenscheinliche Weise, wortlos und ohne Hysterie. Jetzt schien sie ihm auf jeden Fall zu nichts fähig zu sein. Er war bereit, ihr Zeit zu lassen. Aber das würde nicht helfen. Die Umstände ihrer Geschichte gestatteten keine Versuche und Fehlversuche: Die Sache mußte ganz klar sein. Wie jeder verliebte Mann war er auf der Stelle zur Selbstaufgabe bereit, um zu erfahren, was wirklich in ihr vorging. Er ging ein Risiko ein, das größte, das man in Kauf nehmen konnte.

«Ich muß dir etwas sagen.»

Claire wußte nicht recht, was sie erwidern sollte. Sie fürchtete eine feierliche Aussprache zum ungünstigsten Zeitpunkt. Aber als sie in Igors Gesicht sah, wußte sie, daß ihr das nicht bevorstehen würde. Sie marschierten los und suchten ein annehmbares Lokal. Schließlich betraten sie ein Café Einstein, das Unter den Linden. Igor rang nach Worten:

«Weißt du, neulich, wie du meinem Cousin begegnet bist ... wie er mitten auf einem Streifzug war, weißt du ...»

«Ich erinnere mich, ja.»

«Na gut ... Die Frau, die er verfolgte, warst du.»

Claire brachten diese Worte sehr durcheinander. Na ja, nicht diese, aber die danach. Die Worte, mit denen Igor ihr mitteilte, daß Jean-Jacques sie wiedersehen wollte und daher Nachforschungen hatte anstellen lassen. Sie zügelte ein nervöses Lachen. Sie erinnerte sich an den Tag, an dem sie zu Dubrove gegangen war, und nun stellte sie sich vor, wie Jean-Jacques den gleichen Weg nahm. Das war ein Wahnsinn, eine Groteske, die sie beide miteinander verband. Claires Gesicht war in Aufwallung. Igor dachte an den Satz seines Cousins: «Sag ihr, daß ihr Mann einen Privatdetektiv engagiert hat, und schau ihr dabei richtig in die Augen.» Wie hätte er ahnen können, daß es genau so kommen würde? Alles, was Ibàn gesagt hatte, fiel ihm wieder ein. Es war schrecklich. Ja, er hatte in Claires Blick *eine heimliche Erregung* bemerkt. Vielleicht war das eine schwammige Definition, aber er würde nicht aufhören können, daran zu denken, an diese heimliche Erregung. An diesen Moment, in dem er sich von Claires Blick ein für allemal ausgeschlossen fühlen würde. In diesem Moment, in dem er es ihr mitgeteilt hatte, hatte er ihr gründlich in die Augen geschaut und an die nahezu pythische Empfehlung seines Cousins gedacht, und er hatte *eine heimliche Erregung* festgestellt. Eine heimliche Privatsphäre, Claires Privatsphäre, seinen Ausschluß.

Nach einer Weile, das Thema und Igor waren gerade erledigt, sorgte sich Claire:

«Und hat er ihm gesagt, daß wir zusammen sind?»

«Warum, würde dich stören, daß er es erfährt?»

«Mach dich nicht lächerlich! Ich will es nur einfach wissen.»

«Ich spüre genau, daß es dich stören würde. Was bin ich für dich?»

«Du bist dumm!»

«Einfach so eine Geschichte?»

«Du bist ein Idiot! Das ist normal, daß ich das frage. Das ist ganz selbstverständlich. Ich erfahre, daß Jean-Jacques Ermittlungen angestellt hat ... Das ist das erste Mal, daß er von sich hören läßt ... Ich konnte mir das nicht denken ...»

«Es beruhigt dich also. Natürlich liebt er dich. Natürlich würde er alles geben, damit du zurückkommst. Was glaubst denn du? Du bist eine großartige Frau.»

«Reg dich nicht auf. Das ist eine normale Reaktion. Ich hatte damit nicht gerechnet.»

Igors Blut kletterte um mehrere Grade nach oben. Nach Jahren der vollkommenen Gelassenheit wurde er von einer beklemmenden Erinnerung erfaßt. Von der Erinnerung an die Hahnrei-Szene. Sie schoß ihm flüchtig durch den Kopf. Der Gipfel seiner Angst. Er hörte, wie im Zuschauerraum das Gelächter ertönte. Im Durcheinander überlagerten sich die Momente. Er traute sich nicht mehr, Claire in die Augen zu schauen. Er spürte, wie die Schüchternheit zu ihm zurückkam, und er mußte rasch das Café verlassen.

Claire war verärgert, auch wenn seine Reaktion ihr nicht außergewöhnlich vorgekommen war. Als sie gehört hatte, daß Jean-Jacques nach ihr suchte, war sie glücklich gewesen, das stimmte schon. Sie fühlte sich erleichtert, und Igor hatte das durchschauen müssen. Das durfte sie ihm nicht antun. Sie durfte andere nicht in ihre eigenen Schwankungen hineinziehen. Es tat ihr leid, daß sie ihm nicht nachgerannt war. Sie wollte ihn so schnell wie möglich einholen. Der Zoo war mit dem Brandenburger Tor durch einen geradezu unablässigen Bus verbunden. Sie stieg ein, ertrug jedoch nicht, daß er so langsam war. Sie verfluchte die ganze Unschlüssigkeit der

Touristen. Sie hielt es nicht mehr aus, stieg aus und begann zu rennen. Sie wollte Igor wiederfinden, sich entschuldigen, ihn küssen und versuchen, ihn für die Zeit des Vergessens zu lieben, nachts, in einer fremden Stadt. Ihr erster Abend in Berlin mußte auf jeden Fall schön werden. Claire betrat das Zimmer, abgehetzt, und entdeckte einen verängstigten Mann, für dessen deutsche Tränen es keine Übersetzung gab.

«Verzeih mir ...», sagte sie und kniete sich hin.

Einen langen Moment verharrten sie regungslos. Da sie ungezwungen waren im wortlosen Dasein, im fast animalischen Dasein, fanden sie sich im Herzen ihrer Leidenschaft wieder.

Der wahre Sex dekonstruiert das Soziale. In den kurzen Momenten, in denen sie Atem schöpften, setzte sich Claire auf Igor. Ihre Hinterbacken schmeichelten seinem Brustwirbel. Er faßte sie am Nacken, aber seine Psyche gestattete ihm nicht, grob zu werden. Haare kitzelten seine Brust, aber es gab kein Lachen mehr. Er konzentrierte sich auf ihre Augen, aber er las immer noch diese heimliche Erregung in ihnen. Das war jetzt seine Obsession. Er las in ihren Augen nur noch diesen Moment der Bewegtheit, als sie erfahren hatte, daß ihr Mann sie suchte. Diesen Moment der heimlichen Erregung, diesen Moment, von dem er ausgeschlossen war. Sogar wenn sie mit ihm schlief, darbte die heimliche Erregung in ihrem Blick, der Teil ihres Lebens, in dem er nicht vorkam. Allein der Orgasmus vermochte es, alles vergessen zu machen, das Wunder einiger Sekunden lang. Über den kleinen Tod hinaus ist Lust Gedächtnisschwund.

Der Tod, ganz richtig.

Tags darauf war die Sonne kalt. Die Liebenden waren von Müdigkeit befallen, doch von der Art Müdigkeit, die den Tatendrang beflügelt. Sie beschlossen, einen Spaziergang im Tiergarten zu machen, in dessen Mitte die Siegessäule steht. Dieser Morgen hatte keine großen Ambitionen, ein unglaublich stiller Morgen. Vielleicht hoffte er, da er so schlapp war, niemals ein Nachmittag zu werden? Und erst recht keine Nacht. Dieser Morgen war wie ein Morgen eines Morgens.

Weder Claire noch Igor dachten an Witold Gombrowicz. Und dennoch tragen Orte eine Vergangenheit in sich, die in uns eindringt und die oft unsere Geschichten abwandelt. In seinen Tagebüchern hat der polnische Schriftsteller seine Rückkehr nach Europa und seine Zeit in Berlin beschrieben. Er war am 16. Mai 1963 in Tegel gelandet. Seine genaue Ankunftszeit hatte er nicht angegeben, aber Gombrowicz gehörte nicht zu der Sorte, die am Abend fliegen. Nach vierundzwanzig Jahren im Exil kam er wieder nach Deutschland. Über den Tiergarten hatte er später notiert:

Nicht selten blickt dir SCHÖNHEIT in die Augen,
kraftvoll und nordisch.

Ein paar Zeilen zuvor hatte Gombrowicz gedacht: «Für einen Menschen wie mich, für jemanden in meiner Lage muß doch jede Annäherung an Kindheit und Jugend tödlich sein.» Die Schönheit, die aus diesem Augenblick entsprang, war auch die Schönheit einer Rückkehr aus dem Exil, die wiederum genau die richtigen Voraussetzungen für seinen Tod schuf.

Diese Schönheit war unglaublich giftig.

Es ist nie ein gutes Zeichen, wenn mitten in einer Liebesbeziehung ein ziemlich toter polnischer Autor auftaucht. Gombrowicz starb, ein paar Tage nachdem er die Mondlandung miterlebt hatte. Er war so versteinert wie belustigt und starb im Glauben daran, daß die nachfolgende Generation zum Mond reisen würde, so wie er nach Argentinien gereist war. Die nächste Generation und die jetzige reisen jedoch immer noch nach Berlin und folgen seiner Spur. Igor würde nie bis zum Mond kommen. Claire entglitt ihm, machte sich zu den Himmelskörpern und in den Weltraum auf, und wenn er sie je auf die Erde zurückholen könnte, würden sie niemals in Genf landen. Es war klar festzuhalten: Genf erlebt man nicht zweimal. Aus dem einfachen Grund, weil die Mythologie der ersten Liebe, des ersten verheerenden Glücklichseins bedingt, daß alle potentiellen Ebenbilder zunichte gemacht werden. Berlin war lächerlich, Berlin war absurd und grotesk. In Claires Kopf konnte sich Genf sogar durch Berlin zu einem erneuten überschätzten Abflug bereitmachen. Genf hatte den Charme einer Jugendsünde. Nichts von dem, was wir später erleben, weist die gleiche Frische auf, die gleiche Unschuld, die gleiche Kindheit des Glücks. Die sprichwörtlichen Kinder und Narren (um bei der Metapher zu bleiben) sind gewissermaßen das wahre Glück. Nach Genf hatte Berlin keinerlei Existenzchance (oder höchstens eine illusorische). Es mußte wohl darben, sich Illusionen hingeben, ein französischer

Sportler in einem internationalen Wettbewerb sein, doch nichts zu machen, niemand glaubte an ihn. Berlin hätte unglaublich schwungvoll sein müssen, um an ein formschwaches Genf auch nur annähernd heranzureichen.

An diesem gleichen Morgen, der sich wie eine Ewigkeit gebärdete, gingen Igor und Claire in den Botanischen Garten. Statuen von glücklichen Paaren und Statuen von unglücklichen Paaren standen unter den Blumen. Igor hätte sich lieber in seine ursprüngliche Kultur geflüchtet und das Bauhausarchiv besichtigt. Claire sah unter den Blumen und Kunstwerken am liebsten das Vergängliche. Sie fühlte sich ziemlich elend. Sie dachte an ihren Mann, sie dachte daran, wie diese ganze absurde Pleite zustande gekommen war. Sie hatte sich den Abhang der Gleichgültigkeit immer weiter hinunterziehen lassen. Die Liebe wurde weniger, die Berührungen wurden weniger, man schaute sich weniger an, man erzählte sich weniger. Ihr war auch klar, daß sie zu weit gegangen waren, daß das Leben nicht weitergehen könnte wie zuvor. Wenn sie die Sache mit Igor nicht fertigbrächte, brächte sie es auch nicht fertig, zu Jean-Jacques zurückzukehren. Das Alleinsein wartete auf sie. Sie hatte Spaß mit Igor, aber sie betrachtete ihn eher als Freund. Als Mann des rechten Moments. Sie hatte daran geglaubt, an diese Geschichte. Sie hatte an die Möglichkeit geglaubt, aus sich selbst auszubrechen. Aber sie hatte eine Theatervorstellung daraus gemacht. Sie hatte in Gedanken die Verbeugung übertrieben. Sie hatte sich bei der Liebe zugeschaut, genauso, wie man sich in einem Leid gefallen kann. Sie hatte sich gespalten. Und diese Flucht in das

Viertel ihrer Kindheit. In dem Moment, als sie und Igor zum Hotel zurückkamen, erinnerte sie sich daran, wie sie ihr Kinderzimmer angeschaut hatte; und sie erinnerte sich daran, wie sie als kleines Mädchen die Frauen betrachtet hatte, die das Hotel betraten. Es war das erste Mal seit der Trennung, daß sie sich tatsächlich von außen sehen konnte. Sie verließ für einen Moment ihren Körper, während sie an Igors Seite lief. Sie sah ein Pärchen, das sich an der Hand hielt. Ein Pärchen, das aus ihr und Igor bestand. Es war ein augenscheinlich frostiges Bild. Der Frost machte ihre Finger spröde. Sie sah zwei Hände sich vereinen, den pathetischen Versuch, zwei Einsamkeiten zu vereinen.

Auf dem Rückflug am nächsten Tag hielten sie sich die Hand, um sich bei den Erschütterungen gegenseitig zu beruhigen. Dennoch überlief ihre Körper ständig der Schweiß. Sie konnten unmöglich absehen, was sie von diesen drei Tagen im Gedächtnis behalten würden, wenn sie wieder zurück in Frankreich wären. Um es mit einem Gefühl zu beschreiben, müßte man von einer nicht existenten Ordnung ausgehen. Jetzt hielt das Taxi vor Claires Hotel. Igor strich durch ihr Haar, ohne es in Unordnung zu bringen. Sie stieg aus. Als sie wieder allein war, war es ihr peinlich, daß sie ein Gefühl der Erleichterung verspürte.

Drei Tage später rief Claire Igor an, um sich mit ihm zu verabreden. Er wartete auf sie im gleichen Café wie das letzte Mal. Wieder war er zu früh gekommen. Wieder wartete er bewegt auf ihr Augenrollen und auf ihren Gesichtsausdruck im Moment, in dem sie ihn sah. Immer diese Pikosekunde, die nicht lügt. Als er sie hereinkommen sah, schnürte es ihm die Kehle zu. Ihre Augen suchten ihn, er hatte in einem versteckten Winkel Platz genommen, um diese an Voyeurismus grenzende Leidenschaft auszukosten.

Dann sah sie ihn.

Ihre Blicke kreuzten sich.

In diesem Augenblick der Wahrheit (Claires Regenbogenhäuten) las Igor nicht mehr die heimliche Erregung, sondern schon die Worte, die sie zu ihm sagen würde, ein paar Sekunden später, wenn sie ganz nah bei ihm sitzen würde. Er brauchte sie gar nicht mehr zu hören, diese Worte, weil er sie eben in ihrem Blick gelesen hatte. Sie war gekommen, um mit ihm Schluß zu machen.

XII

Die verrücktesten Deutungen spukten in Jean-Jacques' Hirn herum. Wenn Claire Russisch lernte, zögerte er nicht zu denken, daß ihr Job in Roissy eine Tarnung war und daß seine Frau ihm seit Jahren mit einer so ausgeklügelten wie weiblichen Diskretion hartnäckig verschwiegen hatte, daß sie eine Geheimagentin war, die das Netz des ehemaligen KGB zu unterwandern suchte. Das war sonnenklar, nur so konnte es sein. Man verläßt nicht einfach so das eheliche Zuhause, um Russisch zu lernen, wäre die Menschheit nicht ein ganz klein wenig in Gefahr. Bin Laden hatte terroristische Erschütterungen in der Welt angestiftet, und nun verließ ihn seine Frau. Okay, er hatte eine Taktlosigkeit begangen, stimmt, aber das war alles nur ein Vorwand. Und seine Frau, ein echter Schläfer, hatte den kleinsten Fehler seinerseits ausgenutzt, um ihre Tätigkeit in einer internationalen Untergrundorganisation wieder aufzunehmen, was auch noch legitim war, das war der Gipfel der Raffinesse. Zwischen zwei Angstzuständen ließ er sich in einer grenzenlosen Bewunderung für diejenige treiben, die früher seine kleine Claire gewesen war, die so schüchtern in seinen Armen gelegen hatte, ein Liebesengel, Schnuckelputz und Hätschelbaby.

Der Satz von Dubrove war nicht der einzige Grund seiner Hilflosigkeit. Seitdem es mit seinem Liebesleben bergab ging, hatte er im Büro lieber nichts davon erzählt. Vor allem wegen Sonia. Wenn sie erfahren würde, daß er ungebunden war, würde das letztlich die Geschichte zwischen ihnen verfälschen. Doch just in diesem Moment würde sich die Sache anders verhalten, denn sie klopfte an seine Bürotür. Als sie eintrat, strich sich Jean-Jacques instinktiv mit der Hand über die Wange, als hätte die Szene der Entzweiung gerade erst stattgefunden.

«Ich wollte dir mitteilen, daß ich heute abend aus der Firma ausscheide, voilà.»

Jean-Jacques stand auf. Er wußte nicht, was er mit seinem Körper anstellen sollte. Sonia war seit einiger Zeit von einer anderen Firma umworben worden. Logischerweise hatte sie sich entschieden zu gehen, um nicht mehr die Wege des vormals geliebten Mannes kreuzen zu müssen. Des Mannes, den sie bestimmt immer noch liebte. Ganz ausgebeult stand er da in einem seelenlosen Anzug, und dennoch ging er ihr immer noch nahe. Sie war gekommen, um ihm auf Wiedersehen zu sagen. Voreinander standen sie in vollkommener Reglosigkeit, die Erinnerungen knisterten, der Schweiß brandete. Ein modernes Gemälde, hätte man meinen können, auf dem gräuliche und langgezogene Figuren in einem künstlichen Bürolicht dahinsiechten (ein belgischer Maler). Es war schwierig zu sagen, welcher Körper zuerst eine Wellenbewegung ausgeführt hatte, aber nach einer Weile bewegten sie sich um ein paar Millimeter vorwärts. Zwei Körper, die einst fleischlich ineinander verwickelt waren, gerieten nun in ein Stocken, das paradoxerweise wiederum fleischlich war. Sonia entschied, ihm die Hand hinzustrecken, aber Jean-Jacques schob sich an sie heran und schloß sie in die Arme. Sie hielten einen Augenblick so inne, und das war's dann.

Na ja, nicht ganz. Zwei Szenen spielten sich noch zwischen ihnen ab. Die erste fand noch in der Firma statt, einige Stunden nachdem Sonia ihm auf Wiedersehen gesagt hatte. Zu ihrem Abschied wurde ein Umtrunk veranstaltet. Sonia war von unzähligen Männern umringt und wurde mit Geschenken und Zeichen der Zärtlichkeit überhäuft. Ihr Lächeln war erzwungen. Jean-Jacques ging nah an all seinen Kollegen vorbei, und alle forderten ihn auf, ein Glas mitzutrinken. Er gab tausend Vorwände an, variierte seine Antworten je nach Gesprächspartner und erwähnte abwechselnd Bauchschmerzen und ein Familientreffen. In dem Moment, als er den Raum verlassen wollte, drehte er sich in der Nähe der Tür ein letztes Mal um. Ihr Blick war ihm gefolgt. Es war genau das gleiche Bild wie am Anfang, ihre Blicke begegneten sich. Man hätte glauben können, daß alles beginnen würde. Sie hatte den Kopf gedreht, wie sie es ganz am Anfang getan hatte, um ihm zu zeigen, daß sie sich für ihn interessierte. Die Szene hatte den Geschmack von einem gewissen Schlamassel, den Geschmack einer verunglückten Geschichte, einer Begegnung zu einem mäßigen Zeitpunkt. Jean-Jacques hätte auf Sonia zu rennen, alle beiseite schubsen und ihr seine Liebe ins Gesicht schreien können, aber Jean-Jacques verließ das Büro, stieg in den Aufzug und wußte nicht mehr recht, ob er im ersten oder im zweiten Untergeschoß geparkt hatte.

*

Ein letztes Mal würden sie sich am 12. Juni 2034 begegnen, in einem frischgestrichenen Krankenhaus. Sonia würde die Säuglingsstation suchen, sie war nämlich gerade Großmutter geworden. Und Jean-Jacques würde die kardiologische Abteilung suchen, er drohte nämlich eher zu sterben, als er es gedacht hatte. Obwohl beide in Eile sein würden, erstarrten sie dennoch in ihren Betrachtungen. Sie würden sich sofort wiedererkennen, trotz der Erinnerungslücken und der Zeit, die vergangen war. Sie würden versuchen, ein Gespräch anzuschneiden, das dreißig Jahre in dreißig Sekunden zusammenfassen konnte. Schließlich würde er aus Jean-Jacques hervorbrechen, der Knäuel seiner soniaesken Erinnerung, und er würde gerührt säuseln:

«Sieben glückliche Jahre ...»

Sonia würde sich an den Augenblick mit dem zerbrochenen Spiegel erinnern. Es würde ihr zu Herzen gehen.

«Sieben glückliche Jahre ...», würde sie wiederholen.

Sonia würde ihre Telefonnummer auf ein Papier kritzeln.

«Ich muß los ... Ruf mich an, wenn du Zeit hast ...»

Sie würde rasch davongehen, und er würde ihr nachschauen.

Jean-Jacques würde keine Zeit haben.

*

Nachdem Sonia weg war, verbarg Jean-Jacques sein Unglück nicht mehr wirklich. Aufs Geratewohl schüttete er sein Herz aus und gestand, daß seine Frau ihn verlassen hatte. Die Nachricht verbreitete sich wie ein Lauffeuer, und binnen einiger Tage wußte die ganze Firma Bescheid. Ständig kam jemand in sein Büro, und er konnte gar nicht mehr arbeiten:

«Ich habe das mit deiner Frau gehört ... Tut mir leid ... Wenn ich irgend etwas für dich tun kann ...»

Jean-Jacques hörte aus dem eifrigen Mitleid unweigerlich das Echo von leiser persönlicher Genugtuung heraus. Er fand bestätigt, was anläßlich der Ohrfeige von Doktor Renoir angedeutet worden war: Ihm schien, als bedeute es für alle eine Art Glück, ihn so zu sehen. Es war augenfällig. Im Unglücksfall versprühte man Glück. Sein Niedergang wurde wie der Regen in Arizona aufgenommen. Es gab noch einen anderen Gesichtspunkt. Jedermann bedauert den armen Kerl, der verkündet, daß sein Vater gestorben ist, unmittelbar nachdem er verkündet hat, daß seine Schwester sich umgebracht hat und sein Schwager an Krebs leidet. Das ist zwar ein bißchen extrem, aber in solchen Fällen kann sich offenbar niemand freuen. Doch bei Jean-Jacques war das anders: Er war nach Jahren des Glücks unglücklich, und das änderte alles. In der Art und Weise, wie er getröstet wurde, sah man, daß er im Grunde für sein Glück bezahlen mußte. Man freut sich über das Unglück derer, die einmal glücklich gewesen waren.

Da aus uns wird, was die anderen erwarten, daß wir es werden, bürdete sich Jean-Jacques die Rolle des Deprimierten auf. Am Anfang war es vor allem Strategie gewesen: Er hatte beschlossen, den zu ihm kommenden Kollegen mit: Ja, es gehe ihm schlecht, zu antworten, weil er der Parade des falschen Mitleids überdrüssig war. Er zögerte auch nicht, sie um

Unterstützung zu bitten (die Erwähnung eines kleinen finanziellen Beitrags genügte, um selbst die Durchtriebensten ein für allemal in die Flucht zu schlagen), und da auch diese Nachricht sich schnell herumgesprochen hatte, schaute niemand mehr nach ihm. Es hieß von ihm, daß er deprimiert sei und daß man ihn besser nicht störe. Sein Unglück sonderte ihn von den anderen ab. Man konnte nie wissen, «manchmal kriegt man leicht etwas davon ab». Jean-Jacques hatte den Eindruck, in die Rubrik Vermischtes zu gehören, man betrachtete ihn verstohlen. Allein Édouard hielt treu die Stellung, doch eines Tages regte er sich auf:

«Du mußt dich zusammenreißen. Wenn du so weitermachst, werden sie dich hier rausschmeißen ... Zum Glück gibt es ja mich, der ein besonders gutes Verhältnis zum Verantwortlichen für die Personalabteilung hat. Es gibt Leute, die sind nahe dran, deinetwegen Bericht zu erstatten ... Und schau dich doch an!»

«Was?»

«Heute ist doch Freitag!»

«Na und?»

«Na und ... Du hast eine Krawatte an!»

Was war los mit der Welt? Alles verkomplizierte sich, wenn man jetzt nicht einmal mehr ein Recht darauf hatte, sich zum Deprimiertsein elegant anzuziehen. Jean-Jacques kam der Bezug zur modernen Welt abhanden, er hatte probiert, ein Held unserer Epoche zu sein, einfach und tüchtig, ein Held, der eine Geliebte und ein Familienleben haben konnte, und siehe da, plötzlich mußte er feststellen, daß er außerstande war, das riesige Angebot von Leben zu nutzen, das nun zu unserer Auswahl steht. Um die Probe zu machen: Er hatte nie das Satellitenfernsehen abonniert. Es machte ihn verdrießlich, eine Auswahl zu treffen. Er mochte Restaurants, in denen Komplettmenüs den Sinn von Entscheidungsautobahnen hatten. Nun machte man ihm eine Krawatte zum Vorwurf. Alles, was er tat, war falsch. Schließlich rettete ihn sein Hang zur Präzision. Er würde jetzt in eine richtig depressive Phase eintreten, aber er würde es mit Präzision tun, wie er es bei der Agentur für Alibis gemacht hatte. Am darauffolgenden Montag kam er ohne Krawatte ins Büro. Und an den nächsten Tagen ebenso. Von nun an würde er nur noch freitags Krawatte tragen.

Jean-Jacques war von Gemurmel umgeben. Man sagte ihm nach, daß er sämtliche Grundsätze einer heutigen Firma in Frage stellen wolle, daß er schmählich gegen den Fortschritt rebelliere, daß sein Unglück ihn so aggressiv wie einen Frosch gemacht habe, der fürchtete, einen Schenkel zu verlieren. Einige behaupteten, Jean-Jacques brauche einfach eine Pause. Genau das brachte den fürs Nichtstun üppig bezahlten Berater auf eine Idee: Ein Erholungsraum mußte in der Firma eingerichtet werden. Ein Ort, an dem die Angestellten verschnaufen konnten. Etwa so wie in diesen schwedischen Firmen, wo man zweimal pro Woche von stummen Thai-Mädchen massiert wird. Unser Berater war jedoch gegen die Massage, er wußte aus Erfahrung, daß sie auf die Kandidaten einschläfernd wirkt. Er dachte eher an einen kleinen Raum mit weißen Wänden, lieblicher Musik und, wenn möglich, nicht allzu trockenen Keksen. Da er diesem neuerlichen spaßgesellschaftlichen Kollektivbetrug unbedingt eine persönliche Note verleihen wollte, entschied er, eine großzügig bemessene Ecke aufzusparen, um dort eine Hängematte zu befestigen. Jean-Jacques war der erste Angestellte, dem man diesen Ruhebereich anbot. Sein Blick wanderte durch den Raum, und da erfaßte ihn der Anblick der Hängematte, im übertragenen Sinne der Anblick von Claire, wie sie ihn verließ. Das war die totale Perfidie, es hieß, man wolle ihm helfen, und schon stieß man ihn mit der Nase genau auf die Wurzel seines Unglücks.

Jean-Jacques verließ schreiend das Zimmer, was unmittelbar zur Folge hatte, daß einige Leute in ihrer wichtigen Konzentration gestört wurden. Man verordnete ihm Zwangsurlaub. Er bewahrte seine Würde, indem er sich der Schmach nicht widersetzte. Nach all den Jahren des Umschwenkens sagte man ihm, daß er aufhören und nach Hause gehen könne, wo seine Nackendrehungen in einem toten Winkel gefangen bleiben würden. Er würde fortan das Leben des Depressiven führen, das man von ihm erwartete. Er hätte sich unter die Arme greifen lassen und gestützt werden wollen, er hätte ein Sportler sein wollen, der eine Partie verliert, aber nur eine Partie, er hätte Mitgefühl und nicht Entsetzen in den Blicken der anderen lesen wollen. Er wurde abgewiesen. Man erklärte ihm, es geschehe zu seinem Besten. Er müsse sich erholen und Abstand gewinnen. Dabei waren sie doch diejenigen, die sich von ihm absonderten. Die hinterhältige Behandlung, die sie ihm hatten zukommen lassen, hatte ihn genauso leiden lassen wie die Ursache seines Leidens. Vielleicht hätte er sich auch so verhalten? Einige Bilder von Deprimierten, denen er in seinem Leben begegnet war, liefen vor seinen Augen ab, und er gab zu, daß er der Situation nie gewachsen gewesen war. Er war bemüht gewesen, sein eigenes Glücksterrain zu wahren, und hatte den Bogen niemals in Richtung der anderen gespannt. Er hatte so wenig Größe gezeigt wie alle anderen jetzt vor ihm. Das war eine logische Folge in der Logik des irdischen Ameisenhaufens. Er wußte, daß er ohne fremde Hilfe, nur auf dem Weg des Nachdenkens sich aufrappeln und, wie es so dämlich heißt, wieder in die Gänge kommen konnte. Er mußte die verschiedenen Faktoren mit größtmöglichem Scharfblick betrachten. In Worten, die an die Schwachsinnsgrenze stießen, käute er die Misere wieder, die seit Monaten an ihm nagte. Claire fehlte ihm so sehr, daß er sterben mochte. Solange er sie nicht wiedersehen würde, würde er in diesem Dämmerzustand dahinvegetieren. Auch um die Zukunft ins Auge zu fassen, war es nötig, sie wiederzusehen. Wie soll es einem bessergehen, wenn man nicht weiß, was morgen ist, wenn das Morgen eine Frau in einer Menschenmenge ist.

Louise erhielt ihn jetzt am Leben. Eines Abends brachte er die Rede auf das Thema Scheidung. Diese Möglichkeit schien ihr überhaupt nicht zu Herzen zu gehen. Sie war ein modernes Kind, das von modernen Kindern umgeben war, deren Eltern sich bereits hatten scheiden lassen. Früher oder später trennten sich alle. Sie wußte, daß die ihrigen immerhin acht Jahre durchgehalten hatten, das war mehr als bewundernswert. Das war in ihrer Mythologie sogar das Zeichen dafür, daß die Liebe größer gewesen war als die Liebe von Eltern anderer Kinder. Jean-Jacques schaute sie verblüfft an. Es ging ihm nicht in den Kopf, wie ihm ein zweiundzwanzig Kilogramm schweres Kind standfester als er selber vorkommen konnte. Er wollte ihr bei den Hausaufgaben helfen, um sich wieder aufzurappeln. Sofort wurde ihm der Schwierigkeitsgrad klar. (Er schied beiläufig folgende Angst aus: In fünfzehn Jahren würde ihn die Generation seiner Tochter niedertrampeln und endgültig aus den Wettbewerbsbahnen drängen.) Er nahm Anstoß an den Begriffen, die benutzt wurden. Zu seiner Zeit hieß es ein Kilo Äpfel. Heutzutage benutzte man Begriffe wie Quote, Fluktuation, Marge, Auslagerung ... Seitdem die Kinder sechs Jahre alt waren, brachte man ihnen hauptsächlich bei, keinen Gefallen an Worten mehr zu finden. Man brauchte sich nicht zu wundern, daß sie nicht lasen. Jean-Jacques hatte einen Tiefpunkt erreicht, er wollte seine Tochter vor der rohen modernen Welt beschützen und sie mit den Waffen der Poesie ausstatten, um nicht unter den Massen der Zerrüttung zu versinken.

Pünktlich jeden Abend versuchte Jean-Jacques, ein kleiner Alkoholiker zu werden. Er trank ohne große Überzeugung, als hätte man ihm die Leber eines hoffnungslos enthaltsamen Mannes eingepflanzt. Seitdem er Carolines erotisches Verhältnis zu Türen entdeckt hatte, sah er sie mit anderen Augen. Irgendwie war sie zu einer Sexmöglichkeit geworden. Wenn sie dicht an ihn herantrat, dachte er sich schon die derben Worte aus, die sie in einer namenlosen Nacht wechseln würden. Er stellte sich ihre Brüste vor, und in diesen Momenten existierte nichts mehr außer einer schmachtenden Szene, die in seinem Kopf ablief und die seine Zunge noch trockener machte. Er trank, um seinen Durst zu stillen, doch der Alkohol rief bei ihm gewisse Phantasiegebilde hervor, die ihn ausdörrten. Es war also ein Teufelskreis. Carolines Alter stellte für ihn überhaupt kein Problem dar. Mit neunzehn war man eine Frau mit viel Erfahrung, da konnte man das Lied schon singen. Heutzutage passierte alles schneller; alles, nur der Tod, der schlich langsam heran. Die Sache würde außerdem einfach sein. Mit neunzehn träumte eine Frau gezwungenermaßen von einem älteren Mann; Reife ist immer ein Trumpf, der sticht. Er brauchte nur auf sie zuzugehen und seine Hände auf ihren Hintern zu legen. Worte waren unnötig. Die Angelegenheit würde deutlich animalisch sein. Er würde ihr das Kleid hochschieben und sie umdrehen. Er würde seinen Kopf auf ihren Hintern legen und die Hoffnung hegen, ein kleiner Dichter zu werden. Jedesmal, wenn Caroline an diesem Abend an ihm vorüberging, schenkte er ihr ein komplizenhaftes Lächeln. Worte waren unnötig. Anscheinend war sie mit dieser überbetonten Stille nicht ganz einverstanden. Sie baute sich vor ihm auf, ihre Augen waren schwarz:

«Mir gefällt die Art nicht, wie Sie mich seit etlichen Tagen anschauen. Sie haben im Hinblick auf mich hoffentlich keine komischen Absichten. Das Klischee von der Babysitterin, die vom Vater flachgelegt wird, das ist nicht mein Ding! Und vor allem sind Sie ja überhaupt nicht mein Typ, ich sage Ihnen das lieber deutlich.»

«...»

«Sie sind groß, schlank und depressiv, und ich mag lieber

die kleinen dicken Lustigen. So, jetzt ist es raus. Hören Sie also auf, mich so anzuschauen.»

«...»

«Na dann, gute Nacht.»

Jean-Jacques fand, daß die Frauen heutzutage wirklich großartig waren. Sie liebten einen oder sie liebten einen nicht, und die Männer hatten schlußendlich nicht mehr viel zu bestellen. Sie brauchten nur nett und schlapp, anständig und willenlos, ganz sie selbst zu sein und darauf zu warten, daß auf ihrem Pfad eine Frau sich niederlegt oder nicht. So verlor man weniger Zeit. Wenn Paare sich schneller scheiden ließen, ging auch das Aussieben schneller: Man hatte kaum Zeit, sich ein Mädchen anzusehen, schon erklärte sie einem, daß es außer Frage stehe, was auch immer ins Auge zu fassen. In seinem Zimmer schniefte Jean-Jacques schuldtrunken. Seine ausschweifenden Blicke taten ihm leid und die Fülle seiner carolinischen Phantasien. Er lastete zu seiner Rechtfertigung dieses vorübergehende Abdriften seiner depressiven Stimmung an. Außerdem war es nicht allein sein Fehler. Welcher Mann hätte Caroline und dem, was sie verkörperte, widerstehen können. Es ging nicht um Schönheit, noch weniger um Intelligenz. Sie war einfach da, geradezu an Claires Stelle. In Caroline waren sogar alle Buchstaben von Claire enthalten. Da war eine Verwirrung schnell geschehen. Man konnte sich so leicht von der Orthographie einer Frau angezogen fühlen. Und dieses Verhältnis zu Türen. Genau, darin lag der Kern des Problems, damit hatte die Liederlichkeit ihren Anfang genommen: mit ihrem erotischen Verhältnis zu Türen. Also war Jean-Jacques für das, was sich in seinem Kopf abspielte, gar nicht verantwortlich. Und er beschloß nun, da die Nacht sich über seine Einsamkeitsphase senken sollte, zu ihr ins Zimmer hinüberzugehen. Er überraschte sie, wie sie mit dem Rücken an ein Kopfkissen gelehnt in einem Comic las. Ihr Anblick war Erotik in Reinform (die Tür fehlte). Er erläuterte:

«Ich weiß, daß es spät ist, Caroline, entschuldigen Sie, daß ich Sie störe, aber ich habe es mir gut überlegt, und ich hätte gern, daß Sie sich ab jetzt für ein Lager entscheiden.»

«...»

«Küche oder Wohnzimmer.»

«...»

«Sie können nicht überall den Fuß in die Tür setzen. Das ist alles, was ich von Ihnen verlange. Ich verlange von Ihnen nur, daß Sie sich in geographischer Hinsicht definieren, bevor Sie sich an mich wenden.»

«...»

«Na dann, gute Nacht.»

Als die Tür wieder geschlossen war, unterdrückte Caroline ein Lachen. Sie betrachtete diese Äußerungen als die allerletzten Bekundungen eines Mannes, der vor einem kompletten Zusammenbruch stand. Jean-Jacques fühlte sich dagegen völlig erleichtert und war nahezu davon überzeugt, daß er mit seinem nächtlichen Eindringen einen Taktikwechsel vorgenommen hatte, der die Verantwortlichkeiten neu verteilte. Er würde sich doch nicht als polymorpher Perverser hinstellen lassen, wo sie in Wirklichkeit diejenige war, die sich in räumlichen Zwiespälten wog, in unbestritten erotischen Quellen. Jetzt konnte Jean-Jacques würdig schlafen und diese unangenehme Episode vergessen. Sein Leben war so schon kompliziert genug. Auch ohne daß er dem Rächerblick einer Frau, die auf dem Gebiet der Rückzahlung von Immobilienkrediten keinerlei Erfahrung hatte, die Stirn bieten mußte. Doch zwei Minuten nach dieser trügerischen Erleichterung tauchte er wieder in eine recht unkontrollierbare Angst ein. Er beschloß, Édouard zu besuchen.

*

Seitdem man ihn aufs berufliche Abstellgleis geschoben hatte, waren die täglichen Unterhaltungen mit dem Freund sein einziger Bezug zur Firma. Dieser log freundlich, sagte, daß alle Kollegen fest an ihn dächten und hofften, ihn sehr bald in blendender Verfassung wiederzusehen. Die Wirklichkeit sah freilich ganz anders aus, und die Spatzen, die von den Dächern pfiffen, wollten wissen, wer den vakanten Posten übernehmen würde, und pickten das als untätig angesehene Mobiliar an (besonders die kleine Schweizer Uhr).

*

Édouard war zu dieser Stunde gar nicht auf den Besuch seines Freundes gefaßt, er war vollkommen perplex. In seinem Gesicht stimmte etwas nicht: Seine Überraschung war überraschend. Getreu seinem Angebot der jederzeit offenstehenden Türen, der regelrechten freundschaftlichen Selbstbedienung, tat er so, als ob alles in Ordnung wäre und als ob Jean-Jacques gut daran getan hätte, auch zu dieser späten Stunde vorbeizukommen. Jean-Jacques deutete eine entschuldigende Geste an und wollte den Rückwärtsgang einlegen.

«Nein, komm rein, bitte ... Du störst mich nicht, ich war nur gerade am Zwiebelnschneiden...», gab Édouard zu.

Dieser Satz war zu absurd, es war zwei Uhr morgens, niemand schnitt zu dieser Zeit Zwiebeln. Zwiebeln schneidet man gegen zwanzig Uhr dreißig, spätestens gegen einundzwanzig Uhr. Hier lag eindeutig ein grotesker Versuch vor, Tränen zu vertuschen. Das Ganze war sogar noch grotesker, denn Jean-Jacques wäre nie auf die Idee gekommen, daß sein Freund weinen könnte, wenn der nicht das Wort «Zwiebel» ausgesprochen hätte. Édouard hatte also verraten, was er verbergen wollte. Als sie ins Wohnzimmer gingen, warf Jean-Jacques einen diskreten Blick Richtung Küche und konnte sich vergewissern, daß dort nicht die geringste Zwiebel geschnitten wurde. Er spürte, daß er sich in der schlimmsten Lage, die man sich vorstellen kann, wiederfinden würde, dazu brauchte man keine große Intuition: Man geht zu einem Freund, der einen moralisch aufrichten soll, und sieht sich einem deprimierten Freund gegenüber, den man moralisch aufrichten muß. Doch was konnte in Édouards Leben schon passiert sein? Er, der stets zur Veranstaltung von unbedeutenden Festen für sich nicht ausstehen könnende Kollegen bereit war, er, dessen Namen die Frauen träumen mußten, wenn sie sich nachts umdrehten, er, der immer ein freundliches Ohr für die Nöte der anderen hatte ... was war passiert? Jean-Jacques setzte sich aufs Sofa und fragte:

«Bist du dir sicher, daß alles in Ordnung ist? Wenn ich dich störe, kann ich ...»

«Nein, ich hab doch gesagt, daß du vorbeischauen kannst, wann du willst ... Sag mir, was los ist.»

«Es ist so ...»

«Es ist Claire, stimmt's?»

«Ja.»

«Sie fehlt dir, stimmt's?»

«Ja.»

Da brach Édouard in Schluchzen aus. Jean-Jacques wußte nicht recht, wie er diese Zeichen zu deuten hatte, und versuchte sich ganz unaufrichtig weiszumachen, daß der Freund sein Unglück beweinte.

«Aber mach dir doch keine Sorgen. Ich glaube, das wird schon wieder werden, und Claire wird zurückkommen ...»

«...»

«Das ist nett von dir, daß du dir meinetwegen Sorgen machst.»

«...»

«Brauchst du ein Taschentuch?»

«Jean-Jacques?»

«Was?»

«Du mußt eines wissen.»

«Was?»

«Claire wird nie zurückkommen!»

Édouard goß sich ein Glas ein und ertränkte darin seinen Sabber. Jean-Jacques saß angesichts dessen, was er gerade zu hören bekommen hatte, wie versteinert da. Dann hob Édouard zu einem Geständnis der düsteren Art an. Er erklärte, daß er sich seit Jahren verstelle und daß er bedauere, daß er Jean-Jacques im Hinblick auf das angeblich ekstatische Singleleben belogen habe. Seit seiner Scheidung fühle er sich erbärmlich und nutzlos. Er sehe seine Kinder, aber er fühle genau, wie sie größer wurden, wie sehr sie sich von ihm entfernten und kleine anonyme Erwachsene wurden. Und die ganzen Mädchen, mit denen er schlafe, das sei immer das gleiche, das sei weder Fisch noch Fleisch. Er kam sich pathetisch vor, ein Pathos, das ihn vom Schlafen abhielt.

«Ich bin ein Arsch gewesen. Wenn du wüßtest, was für ein Arsch ich gewesen bin.»

Jean-Jacques erinnerte sich an einige frühere Unterhaltungen und an die Energie, die Édouard aufgewendet hatte, um ihn zum Ehebruch anzuspornen. Er stellte nicht Édouards Freundschaft zu ihm in Frage, aber unbewußt hatte Édouard ihm sein einsames Leben überziehen wollen. Hatte er Mitleid, verspürte er Aggressionen, Angst, Erbarmen? Sicher ein bißchen von allem. Er beschloß, ihm wegen seiner schlechten Ratschläge nicht böse zu sein und sich lieber auf all die Momente zu konzentrieren, in denen er für ihn dagewesen war. Édouard hatte am eigenen Durcheinander viel zu leiden gehabt. Unzählige Male hatte er nach Hause kommen und auf der Suche nach ein paar Schatten seiner Vergangenheit durch die Wohnung irren müssen. Jean-Jacques wollte ihm beistehen, die richtigen Worte finden. Überraschenderweise fand er sie. Er verstand es, einfach, herzlich und mit Zartgefühl zu reden. Édouard hob den Kopf. Er schien ein anderer Mensch zu sein, erleichtert um seine Lebenslüge, erleichtert um die Parodie seiner selbst. Zum ersten Mal hielten sich die beiden Freunde in den Armen; und es war bestimmt der ehrlichste Moment in ihrer Freundschaft. Sie wünschten sich eine gute Nacht und den Mut, der Finsternis die Stirn zu bieten. Jean-Jacques fühlte sich gut, als er wieder aufbrach. Wäre er getröstet worden, hätte er sich viel weniger gut gefühlt, er verspürte geradezu Lust zu lachen, und um ein Haar strich er durch eine gewisse Euphorie. Er hatte sich nützlich gemacht. Im Depressionsfall gab es nichts Lohnenderes als den Besuch bei einem Depressiven.

Am darauffolgenden Tag bemühte sich Jean-Jacques um einen redlichen Tagesablauf. Er machte sogar ein paar Liegestütze (um die volle Wahrheit zu sagen: drei), das Zeichen einer muskulären Rückkehr ins Leben. Mitten in der Mitte des Tages klingelte das Telefon und schlug wie ein fehlgeschlagener Meteorit ein. Es war Claire. Sie tauschten ein paar Banalitäten aus, aber das war in Ordnung. Sie waren süß, die Banalitäten. So süß, wie ein Schwall aus einem Auspuffrohr für einen Wiederauferstandenen ist.

«Geht's dir gut?»

«Ja, und dir?»

«Ja, geht so ... wollen wir uns bald mal sehen?» probierte Jean-Jacques.

«Ich schau bei dir vorbei.»

«Du fehlst mir.»

«...»

«Ich war ...»

«... Hör zu, wir reden später. Ich wollte dir sagen, daß ich mit Sabine gesprochen habe und daß sie heute abend vorbeikommt, um Louise zu besuchen.»

«Okay.»

«Bis bald.»

«Ja ... bis bald.»

Jean-Jacques legte auf und fand, daß diese Unterhaltung nicht sehr nach Genf geklungen habe. Aber er hatte dabei ein gewisses Glück empfunden. Er hatte dieses erste Gespräch so gefürchtet, aber alles war sehr gut gegangen. Sie waren ruhig geblieben. Wie richtige Erwachsene. Nicht die geringste Parzelle von Unreife während dieses nüchternen, klaren, so erwachsenen Telefonats. Auch keine Spur von Humor. Nur edle Klarheit. Trotzdem ein bißchen technisch. Bestimmt zu technisch. Ein bißchen rechtsanwaltsmäßig, jetzt, wo er es recht bedachte. Ein Scheidungsgespräch war das. Fast ein Gerichtsprotokoll. In kurzen, einfachen und effizienten Worten. Nicht die geringste Doppeldeutigkeit. In Worten, die trotzdem etwas schwammig waren. Es gab kein schwammigeres Wort als «bald». Es gab Leute, für die hatte «bald» die Allüren von «nie». Jean-Jacques vergaß den positiven Aspekt des Gesprächs, die schlichte Tatsache, daß sie ihn einfach so angerufen hatte. Er atmete, so ruhig es ging, sah sich aber gezwungen, den Arm zu heben, um einen Schmerz in der Bauchgegend zu verscheuchen. Das kam bestimmt vom Liegestütz. Psychosomatische Beschwerden waren nicht sein Fall. Sein Körper belog ihn nicht. Claire, ihre Stimme, er dachte wieder an ihre Stimme, bewegt. Er liebte sie, das mußte man sagen. Da war kein Schwanken mehr, keine Chance für einen potentiellen Zweifelsbrocken an irgendwas, seine Liebe war lückenlos, klar, technisch. Eine Liebe, die einem Scheidungsverfahren glich.

Der Besuch von Sabine war ihm im höchsten Maße unangenehm. Vor allem wegen des Berichts, den sie ihm bestimmt erstatten würde. Im übrigen hatte er sie nie wirklich zu schätzen gewußt. Immer hatte sie zu allem eine Meinung, wo sie doch von überhaupt nichts eine Ahnung hatte. Und sie hatte ein Problem mit ihrer Stimme, eine Art hauchdünnes und immer schrilles Bändchen, sie reihte die Wörter in einem grellen Kamikazestil aneinander. Zum Glück praktizierte Jean-Jacques seit dem Beginn seiner Depression anarchische Waschweisen, wodurch sich kleine Schmalzpfropfen in seinen Ohren herausgebildet hatten. Pfropfen, die sich jetzt als äußerst nützlich erweisen würden. Kaum daß Sabine die Wohnung betreten hatte, stürzte sie sich auf Louise. Jean-Jacques war von so viel Zuneigung gerührt und erkannte instinktiv Sabines verborgene Schatzkammern an, das heißt die ganze Aufmerksamkeit, die sie seiner Tochter gegenüber aufgebracht hatte. Er machte sich daran, einen Aperitif zuzubereiten. Er hatte positive Dinge eingekauft, grüne Oliven zum Beispiel. Die grüne Olive strahlte eindeutig eine nichtdepressive Atmosphäre aus. Vor allem aber hatte er, nachdem er den ganzen Nachmittag darüber nachgegrübelt hatte, sein Einstellungsproblem zu Sabine behoben: Er würde sie mit Fragen bombardieren. Das Beste, was man machen konnte, um vorteilhaft zu wirken, war immer noch, sich für den anderen zu interessieren. Dies würde eine fruchtbare Strategie sein, da Sabine am nächsten Tag Claire gegenüber bekennen würde: «Er hat einen sehr guten Eindruck auf mich gemacht, weißt du ... er war aufmerksam, er hat viele Fragen gestellt ... so etwas täuscht nicht ...» Während Louise am Klavier übte, dudelte Sabine ein paar Tonleitern ihres Privatlebens herunter. Ihre Antworten enthielten genau das, was Jean-Jacques an ihr nicht mochte. Großmächtige Phrasen über das Leben. Großmächtige Phrasen, wo sie doch so viel einfacher ihr Elend und ihre Angst, sich der Zukunft zu stellen, gestanden hätte. In Jean-Jacques' Augen näherte sie sich dem Prototyp einer verbitterten alleinstehenden Frau. Von Männern sprach sie immer *im allgemeinen* und übertünchte so in der Masse ihre generelle Unkenntnis in Bezug auf Männer. Kaum hörte sie das Wort «Kind», schon erklärte sie, daß sie keine haben wolle. Dabei war sie gar nicht danach gefragt worden. Als wollte sie das fehlende Verlangen, das sie bei Männern auszulösen glaubte, mit Theorien nachweisen. Ein Problem war auch ihre übertriebene Gewißheit, daß es ihr an Weiblichkeit fehle, die sie in der Tat schauderhaft wenig weiblich machte. So schien ihr ein einsames Schicksal derart vorgezeichnet zu sein, daß sie ihre Denkweise so unbewußt wie klischeehaft an das anglich, was sie zu denken meinte. Ihrer Ablehnung der Mutterschaft ungeachtet war klar, daß sie mit dem erstbesten Mann, der es ihr anbot, ein Kind haben würde. Mit dem erstbesten Mann, der angelaufen kam.

Es klingelte.

Jean-Jacques entschuldigte sich, diese fesselnde Unterhaltung unterbrechen zu müssen, stand auf und öffnete. Es war Édouard. Dieser schob ihn gleich in eine Ecke im Flur und legte wie entfesselt los:
«Du, ich weiß nicht, was gestern in mich gefahren ist ... Ich stand einfach neben der Spur ... Ach, aber du weißt ja, das passiert jedem mal! ... Ich weiß auch nicht ... Das war be-

stimmt wegen Paris Saint-Germain, sie haben gestern abend verloren, weißt du ... auch noch zu Hause, stell dir vor ... Drei Niederlagen hintereinander ... Ich denke mir, es war bestimmt deswegen ... Nun ja, genau, ich wollte dir sagen, daß du dich jederzeit auf mich verlassen kannst, alles in Ordnung und ...»

«Darf ich dir ein Glas einschenken?»

Jean-Jacques stellte Sabine Édouard vor, und ihr Händedruck währte lang. Das heißt, es war fast unmerklich, der Händedruck dauerte vielleicht eine Sekunde länger als ein gewöhnlicher, aber diese Sekunde schien lang zu sein, sehr lang sogar, von einer quasi unerklärlichen Länge. Édouard fürchtete, daß er störte, wo er doch ganz im Gegenteil für Ablenkung sorgen durfte. Doch er war an diesem Abend nicht sehr gesprächig. Sein Mundwerk klapperte nur zaghaft. Jean-Jacques betrachtete ihn mit ganz besonderem Staunen. Um das Gespräch zu füllen, bot er an, ihnen ein weiteres Glas einzuschenken. Da glucksten beide, was so lächerlich wie unerwartet war. Es war nichts Lustiges dabei.

«Sabine, ich glaube, du magst den Whisky lieber ohne Eiswürfel?»

«Hm, ja.»

«Oh, das ist ja lustig, ich bin beim Whisky auch kein großer Eiswürfel», begeisterte sich Édouard.

«Oh ja, das ist lustig», begeisterte sich auch Sabine.

«...»

Jean-Jacques unterbrach für einen Augenblick seine gastfreundlichen Anstrengungen und betrachtete abwechselnd seine Gäste. Ihm fiel ein, daß er in der Zeitung gelesen hatte, daß Singles weder auf Hochzeiten noch in Ferienclubs Liebesbekanntschaften machen, sondern vorrangig beim Besuch eines depressiven Freundes. Das traf zwar auf den heutigen Abend nicht vollständig zu, doch es lag auf der Hand, daß es für Singles immer gut ist, wenn sie in ihrem menschlichen Umfeld ein depressives Exemplar haben, um das sie sich gruppieren und an dem sie gemeinsam Anteil nehmen können.

Nach der Episode mit dem Whisky wohnte Jean-Jacques betretenem Schweigen bei, auf das immer wieder erleichtertes Lächeln folgte. Diese beiden menschlichen Wesen hatten sichtlich Dinge gemeinsam, es war ein Mysterium jenseits der Mysterien. Sehr rasch kratzten sie einiges zusammen und fanden sie endlich, die Filme, die sie beide, wie durch ein Wunder, gesehen hatten (genaugenommen handelte es sich um die größten kommerziellen Erfolge der letzten Jahrzehnte). Sie waren trotzdem entzückt über den Zufall. Und Jean-Jacques fühlte sich verpflichtet, bei dieser Maskerade mitzuspielen:

«Ja, ein Zufall, so was aber auch.»

Louise bat Sabine, eine Gutenachtgeschichte zu erzählen. Heute abend würde ihre Imagination unendlich sein. Édouard fragte in der Zwischenzeit Jean-Jacques, ob Sabine einen Freund habe. Jean-Jacques schwieg einen Augenblick (er verdaute die Frage), und Édouard sah dieses Schweigen als schlechtes Zeichen an. Endlich beschloß Jean-Jacques zu antworten:

«Nicht doch, sie hat keinen Freund.»

Édouard seufzte schwer und vertraute dem Freund seine Eindrücke an. Wie soll man sagen, es fehlten ihm die Worte. Er fand, daß Sabine anders als die anderen war, sie strömte Stabilität und eine verblüffende Reife aus, sie hatte alles an sich, was er, auf seiner derzeitigen Lebensstufe, von einer Frau erwarten konnte. Er wollte handfeste Informationen, und Sabine sah ganz danach aus, als würde sie zu Handfestem einladen. Und vor allem, ja vor allem hatte er ihre Stimme gemocht. Von dem Moment an, wo er sie gehört hatte, hatte er sich auf vertrautem Terrain gefühlt.

Als Louise ins Bett gebracht war, gab man vor, Jean-Jacques nicht mehr länger stören zu wollen. Die Zufallsbekanntschaft des Abends brach gemeinsam auf. Sie mußten beide in die gleiche Richtung, in Richtung Liebespaar. Jean-Jacques sann allein über das Liebeskarussell nach. Nun, da er ausgeschieden war, kam ihm das Liebesglück wie eine Reise nach Jerusalem vor. Bei Sonia war er von seinem Stuhl aufgestanden. Dann war er zwischen zwei Stühle gefallen. Und jetzt stand er da. Mehr noch, er bot die Stühle anderen an. Schließlich würden sich Sabine und Édouard hinsetzen, und Jean-Jacques würde das gesetzte Glück der anderen betrachten.

XIII

Claire war erleichtert, als sie das Krankenzimmer ihrer Mutter betrat. Der merkliche Wahnsinn in ihren Augen schien komplett verschwunden zu sein. Renée bekräftigte:

«Ach, meine Tochter ... wenn du wüßtest, wieviel besser ich mich fühle ... ich kann dir nicht sagen, was sie mit mir gemacht haben, aber das Ergebnis ist großartig. Ich fühle eine große Festigkeit im Kopf, manchmal wackelt zwar noch alles ... wie nach kurzen und heftigen Erschütterungen ...»

«...»

«Na ja, kurzum ... ich bin wieder da. Und ich habe nachgedacht, über dich, über Sonntag und deine Trennung ...»

Renée reihte die Wörter mit neugewonnener Energie aneinander. Sie redete von Vergangenem, und sie redete von der Zukunft. Lebenshungrig schien sie zu sein. Sie wollte augenblicklich auf ihre Tochter einreden und ihr eine Geschichte verraten, die vielleicht ihre ganze Art bis zum heutigen Tag erklären würde. Ihre ganze Art, die sie seit ihrer Rückkehr von den Ufern des Wahnsinns bitter bereute.

Alles hatte ein paar Tage nach Claires fünftem Geburtstag angefangen. Das Krankenhaus in Sèvres hatte um René geworben, ein Angebot, das sich unmöglich ausschlagen ließ. Die Familie hatte sich eingerichtet in Marnes-la-Coquette, in einem hübschen Haus, mit einem Garten und zwei schönen Bäumen, die man mit einer Hängematte verknüpfen konnte. In den Augen der anderen verlebten sie eine honigsüße Zeit: sozialer Aufstieg, eine solide Partnerschaft und eine süße kleine Tochter. Man läßt sich ja zwangsläufig von dem, was die anderen von einem denken, immer ein bißchen beschummeln. Wenn jemand zu Renée sagte, daß sie Glück hatte, mußte sie einfach der Meinung sein, daß sie es in der Tat hatte, das Glück. Sie erwähnte nie, was sie alles nervtötend fand an ihrem Mann und daß sie ständig meinte, keine Luft mehr zu bekommen. Das machte sie immer weniger süß und manchmal aggressiv (ihren Teil der Verantwortung für den Niedergang der Beziehung hatte sie nie heruntergespielt). Das eigentliche Problem war gewesen, daß René so viel in seine neue Arbeit investierte. Er ließ sich nicht mehr blicken, es war seine große Zeit, das Startum seiner Hände. Er hatte damals mit dem Gedanken gespielt, in die Politik zu gehen (die Medienpräsenz machte ihn mediengeil) und dem Wahlkreis auf den Zahn zu fühlen. Doch sehr rasch hatte ihn eine Angst abgeschreckt, der Lieblingszeitvertreib eines jeden Erwählten: daß er sich die Hände quetschen könnte. Und er konnte es sich nun einmal nicht erlauben, sein Arbeitswerkzeug einer Gefahr auszusetzen. Man sah ihn sich trotzdem häufig in den Gemeinderäten herumtreiben. Er hatte Geschmack daran gefunden, zu allem möglichen und unmöglichen seinen Standpunkt zu erklären. Vor allem hatte er Geschmack daran gefunden, geehrt zu werden, bewundert zu werden, geachtet zu werden. Was für ein Mann.

Renée brachte ihre Tage damit zu, das Haus aufzuräumen, für Blumen zu schwärmen und spießig zu werden. Doch sie verbrachte ihre Zeit auch mit Radiohören, und sie lernte die Gedanken an die Herausforderung und an die Freiheit lieben. Ihr schien, als würde eine vollendet geölte Mechanik einen Tag nach dem anderen ohne die geringste Überraschung aneinanderreihen. Dreißig Jahre später würde ihre Tochter mehr oder weniger das gleiche Gefühl haben. Zum Glück beläßt das Leben die Frauen nie in diesem Zustand. Früher oder später passiert etwas. Das Format von diesem Etwas ist im übrigen nicht so wichtig. Im allgemeinen wird ein Punkt von derartigem Überdruß erreicht, daß man sich über einen Todesfall freuen kann. Über einen Todesfall in der Provinz natürlich, der eine Reise in Aussicht stellt. Im vorliegenden Fall lag kein Todesfall vor. Das Ereignis war nicht wirklich freudiger, die Stufe unmittelbar unter dem Todesfall: Es gab Probleme mit den Rohrleitungen im Haus.

Es war viel zu tun. Da René Hals über Kopf seine Stelle angetreten hatte, hatte er das Haus von keinem Sachverständigen begutachten lassen, und schon brachen Sorgen über ihn herein, deren er schleunigst wieder ledig werden mußte. Man empfahl ihm einen tüchtigen Klempner, der vor allem auch Zeit hatte, und die Sache war geritzt. Die Rohrleitungen waren weniger das Problem als der Mann, der die Rohrleitungen in Ordnung bringen sollte. Der war nämlich das Ereignis im Leben von Renée. Beim Erzählen gab sie zu, wie sehr die Situation vollends dem Klischee entsprach: die bourgeoise Gattin, die sich langweilt, und der Klempner, der die Phantasien beflügelt. In den ersten Tagen hatte Renée, erstarrt in ihrer Hausherrinnenrolle, den Klempner kaum beachtet. Sie wußte noch nicht einmal, daß er Italiener war und Marcello hieß (das Klischee von einem Klischee). Die Offenbarung geschah vollkommen unerwartet. Renée kam in dem Moment in die Küche, als der Klempner die Rohre auswechselte. Ihr Blick fiel auf seine Hände. Natürlich war es angenehm, einen Mann zu sehen, einen muskulösen zudem, der in schweißtreibenden Anstrengungen auf dem nackten Boden lag. Doch was sie genau in diesem Moment erregte, ihr ganzes Leben würde sie sich daran erinnern, das war der Anblick seiner Hände, die voller Schmiere waren. Wie sehr diese Hände bei einer elementar-praktischen Tat erstrahlten. Um zu verstehen, was sie empfunden hatte, brauchte man sich nur zu vergegenwärtigen, daß ihr Mann unter dem Vorwand, seine Hände schonen zu müssen, sie immer weniger anfaßte. Er faßte im Namen der Medizin seine Frau nicht mehr an. Da sie sich unverhofft Männerhänden gegenübersah, die es im weiteren Sinne verstünden, männlich bei ihr zuzupacken, kippte sie um. Sie liebten sich auf der Stelle und ließen sich in elementaren Strömungen davonspülen. Am selben Abend teilte Marcello René mit, daß die Arbeiten sich aufgrund einiger Schwierigkeiten in die Länge ziehen würden.

Einfach ging die Geschichte weiter, und die Geschichte ging einfach idiotisch weiter. Sie fingen eine Romanze an, die allen denkbaren Schuldgefühlen weit entrückt war. Lust, die dieses Niveau erreicht, löscht das poröse moralische Gewissen völlig aus. Nie hatte sich Renée in den Armen eines Mannes so gut gefühlt. Als René seine Frau lachen sah, war er so vermessen zu glauben, daß er verantwortlich war für ihre blendende Verfassung. Mit anderen Worten hielt er sie für ausreichend materialistisch veranlagt, um sich mit einem Haus, ein paar nachbarschaftlichen Beziehungen und Tupper-Parties mit Frauen ohne Alter zufriedenzugeben. Marcello und Renée lernten sich in den Wochen ihrer verrückten Leidenschaft besser kennen. Die Anziehung war nicht nur körperlich. Sie lachten über die gleichen Sachen, und das ist ja das Wichtigste bei Liebschaften. Schmerzvoll wurde das letzte Rohr ausgewechselt. Marcello mußte zurück nach Venedig (das war das Sahnehäubchen, er wohnte in Venedig). Er schlug Renée vor, mit ihm zu kommen, und so nahm das Drama ihres Lebens seinen Lauf. Sie fing praktisch ständig zu weinen an. Der Gedanke daran, Marcello zu verlieren, zermalmte ihr den Körper, schnürte ihr den Atem ab. Er drängte sie. Und wußte doch, daß es unmöglich war. Vor allem wegen Claire. Und der gesellschaftlichen Gepflogenheiten. Unzählige Blicke lasteten auf Renée. Das Gewicht aller vorherigen Generationen von Frauen. Die Unmöglichkeit war überliefert.

Marcello fuhr ab, und Renée wurde krank. Schlimm krank. Niemand wagte das Wort «Depression» auszusprechen. Von einer Epidemie, von einer Bakterie war die Rede, von irgendwelchen Übeln, Hauptsache, etwas Konkretes. Dann zog eine Freundin von Renée ein, die sich um Claire kümmerte. (Während sie ihrer Mutter zuhörte, schien ihr alles aus einer verschleierten Zeit aufzustehen; die Frau, die sich um sie gekümmert hatte, war gewissermaßen eine Sabine.) Und dann wurde die Sache besser. Renée mußte unbedingt ins Leben zurückkehren, sie konnte nicht einfach so Trübsal blasen. Sie sollte sich freuen, daß ihr ein so großes Glück widerfahren war. Und dann versackte sie wieder. Großes Glück ist schlimmer als großes Unglück, wenn es nur kurze Zeit dauert. Renée kam die Situation derart absurd vor. Sie war davon überzeugt, daß alle Welt sich bald scheiden lassen würde, daß sich die Heirat schlichtweg zu einer Form entwickeln würde, die Liebe eines bestimmten Lebensabschnitts zu verherrlichen. Aber zu ihrer Zeit wurde Ehebruch als Delikt angesehen. Man trennte sich nicht. Lieber tötete man oder tötete sich selbst, das war einfacher. Als sie erfuhr, daß ihre Tochter ihren Mann verlassen würde, hatte sie den Gedanken, daß ihrer Tochter gelingen sollte, was sie selbst verpaßt hatte, nicht ertragen. Claire hielt im vertraulichen Gespräch inne und nahm die Hände ihrer Mutter.

Die Zeit war unwiederbringlich verloren. Claire würde nie wieder ein kleines Mädchen werden. Die Einzelheiten dieser Geschichte durften jetzt nicht mit der ihrigen durcheinandergebracht werden. Der familiäre Nachhall, das gleiche Schema, das konnte nicht wiederholt vorkommen. Es war eine neue Epoche angebrochen, in der die Selbstverwirklichung zur Bestimmung unserer Bestimmung wurde. Was nicht zwangsläufig besser wäre. Sehr rasch könnte es gelingen, neues Terrain für die Frustration der Menschen urbar zu machen.

XIV

In dem Moment, in dem ein Foto geschossen wird, weiß man nie, wer in den folgenden Monaten, Jahren und Jahrhunderten dieses Foto in Händen halten wird. Welche Reaktionen wird das Foto hervorrufen, und wie wird es auf das Leben der Leute rückwirken?

Ein paar Tage nach dem jähen Ende seiner Ermittlungen war Ibàn zu dem Gedanken fähig, daß sein Verhalten das eines verliebten Mannes gewesen war. Am Anfang dieses Gefühls stand ein Foto, das am Donnerstag, den 17. Oktober 1997 um siebzehn Uhr, zweiundzwanzig Minuten und zwölf Sekunden aufgenommen worden war. Dabei ist es ja ziemlich selten, daß man an einem Donnerstagnachmittag mitten im Oktober Fotos macht, einfach so. Offen gesagt, war das Schicksal von diesem eigentlich so ein Mittelding: Es war gemacht worden, um einen Film vollzukriegen. Am Wochenende zuvor hatte Jean-Jacques bei einer Feier mit Freunden fotografiert, im Prinzip recht typische Bilder, nicht wirklich gewagt im Klick, es ging einfach darum, betrunkene Freunde in einem nüchternen Quadrat festzuhalten. Am darauffolgenden Donnerstag merkte er in dem Moment, als er die Fotos zum Entwickeln bringen wollte, daß der Film nicht ganz voll war. Also hatte er den Nacken umhergeschwenkt, und als er in der

Gegend seine Frau sah, hatte er die reizende Eingebung gehabt, eine Aufnahme von ihr zu machen. Doch Claire war donnerstagnachmittagsfeminin, so feminin, daß man es nicht verewigen muß. Bevor sie lachte, gab sie sogar vor, grauenhaft auszusehen. Das war alles ziemlich lächerlich. Im Falle der Häßlichkeit würde sie das Foto zerreißen.

Sieben Jahre lang hatte das Foto in einer belanglosen Schublade gelegen. Der Typ Schublade, wo man garantiert keinen Liebesbrief versteckt. Und trotzdem war Jean-Jacques an dem Tag, an dem er sehr durcheinander gewesen war und ein Foto von seiner Frau hatte mitnehmen wollen, wie von einer unbewußten Macht angetrieben auf diese Schublade zugesteuert. Als er sich des Fotos bemächtigte, konnte er sich zu seiner Überraschung sehr gut an den Tag erinnern, an dem er es gemacht hatte, erinnerte sich sehr gut daran, daß seine Frau an jenem Tag gemeint hatte, daß sie grauenhaft aussehe. Er gab ihr endlich eine Antwort, sieben Jahre später: «Aber nein, du siehst sehr schön aus.» Sie hörte es nicht mehr, sie war nicht mehr da.

Ein paar Minuten später fand sich das Foto auf dem Schreibtisch von Dubrove wieder.
    Und ein paar Minuten später befand es sich im Besitz von Ibàn.

Es war keine Liebe auf den ersten Blick. Lange betrachtete Ibàn das Bild, das gehörte zu den Anforderungen des Berufs. Und genau diese Anforderung hatte das Wunder zustande gebracht. Die Offenbarung war äußerst verwirrend gewesen. Ihm war klar geworden, daß Schönheit sich überall offenbaren konnte. Es genügte, dem Blick Zeit zu lassen, sich vom ersten Eindruck nicht ersticken zu lassen. Es war schwer zu sagen, wo das Empfinden, daß Claire schön war, entsprungen war. Und ohne recht zu begreifen, warum, stellte er einfach die Hypothese auf, daß er in diese Frau verliebt war. Gut möglich, aber nicht sicher, daß der absurde Anlaß dieses Fotos ihn bewegte. Nicht, daß er ein allwissender Nihilist gewesen wäre, doch manchmal stieg aus der Bedeutungslosigkeit der Dinge eine beispiellose Schönheit auf.

Seine Desillusionierung hatte dem Maß seiner Stendhalschen Kristallisation entsprochen. Er warf sich vor, wie er seinem Cousin gegenüber reagiert hatte. Er rief ihn an, entschuldigte sich und stieß auf eine stotternde und rhythmisch schniefende Stimme. Gleich beschloß er, bei ihm vorbeizuschauen.

«Sie ist weg, stimmt's?»

«Ja, sie ist weg.»

«Ich werde mich um dich kümmern, keine Sorge, ich bin da ...»

«Du hattest recht ... Wie ich ihr das von ihrem Mann erzählt habe ... ihre Augen, du hättest ihre Augen sehen sollen ...»

«Beruhige dich ... Wir reden in Ruhe darüber ...»

Sie tranken Tee, um sich zu erwärmen. Sie redeten langsam, einer nach dem anderen. Sie hatten, freilich in unterschiedlichen Maßen, das gleiche Leid erfahren. Was sie zuerst auseinandergebracht hatte, vereinte sie jetzt beim Erinnern.

Igor wollte von Claire sprechen und sich seine Geschichte vor Augen halten. Ibàn wollte alles über Claire wissen und wollte per Bevollmächtigter eine Liebe erleben, die er nicht erlebt hatte. Sie hatten also eine wunderbare Verständnisgrundlage gefunden. Sie waren ganz in ihrer Welt, redeten die gleiche Sprache, die für all diejenigen, die nicht in Claire verliebt gewesen waren, unverständlich war. Igor entfachte seine Erinnerung an *Jules et Jim*. Er fand, daß die Frau in dieser Dreiecksgeschichte nicht umsonst im Titel nicht erscheint. Die Liebe zur gleichen Frau kann zwei Männer mehr als alles andere verbinden. So begann im Leben von Igor und Ibàn die Zeit, in der sie sich am meisten sahen. Igor erholte sich dank seines Cousins vom ärgsten Liebeskummer. Es gelang ihm, von dieser ganzen Geschichte nur den Saft des Glücks für sich herauszusaugen. Sie freuten sich, diese Frau kennengelernt zu haben. Sie versuchten, sich ihre Zukunft vorzustellen, wenn sie von ihr sprachen. Was würde sie jetzt mit ihrem Leben machen? Hinsichtlich einer Sache waren sich beide einig: daß sie Jean-Jacques immer noch liebte. Und diese Liebe war, ganz offenkundig, gegenseitig. Naturgemäß würden sie wieder zusammenleben, ihr Leben würde nach dieser merkwürdigen Periode gemeinsam weitergehen. Jedoch würden die Dinge vermutlich nicht so einfach sein; ihre Beziehung würde es vielleicht nicht schaffen, eine zweite Luft zu bekommen. Das wäre dann ein Schlamassel, dachten sie. Und man mußte auch an Louise denken. Ihr Gespräch wurde relativ eigenartig. Sie wandten sich der demiurgischen Seite der Liebe zu und meinten zu wissen, was für den anderen das Richtige ist. Es war normal, daß sie sich um Claire sorgten. Doch was einem nicht so normal vorkommen mußte, das war ihr absolutes Verlangen, Claire glücklich zu machen. Um das zu erreichen, waren sie zu allerhand bereit.

XV

René hatte die Rückkehr seiner Frau minutiös vorbereitet. Er erwartete den Augenblick ungeduldig, diese ganze Geschichte hatte ihn stark mitgenommen. Er hatte begriffen, daß er in seinem Innersten diese Frau liebte und daß sie versuchen mußten, die Zeit, die ihnen noch blieb, zum Glücklichsein zu nutzen. Er hatte Blumen gekauft, zu einem arglosen Strauß gebunden, siechten sie dahin. Er hatte alles gut machen wollen. Seit mehreren Tagen hatte er seinen Anzug auf Vordermann gebracht und ihn dabei in guter Absicht schön zerknittert. Er glich einem Koffer, auf einem Bahnsteig hätte er unaufdringlich gewirkt.

Sein Herz pochte, er war goldig, er war kümmerlich.

Es überraschte sie, daß er sich so herausgeputzt hatte. Sie fing an zu lachen, und René fürchtete, daß das ein nervös bedingtes Lachen war. Renée beruhigte ihn gleich, alles in Ordnung. Sie steuerten auf den Parkplatz zu. Im Auto legte er einen Mix mit Fahrstuhlmusik ein, den er an der Tankstelle gekauft hatte. Eigentlich hörte René beim Autofahren immer Nachrichten. Seine Frau sah die Rücksichtnahme in diesen lachhaften Bemühungen. Doch sie sagte zu ihm, daß alles in Ordnung sei, daß sie nicht mehr krank sei und daß er wieder ein normales Benehmen an den Tag legen könne. Sein Problem war, daß er nicht mehr so recht wußte, woran sie Gefallen fand. Einsamkeit und Angst hatten an seinen Gewohnheiten genagt.

Als Renée das Tor öffnete, als sie ihren Garten wiedersah, war sie zu Tränen gerührt. René hatte ein Essen zubereitet, mit allem, was ihr lieb war. Alles war tadellos angeordnet. Er hatte überlegt, ob er eine Hammelkeule, das Leibgericht seiner Frau, machen sollte, aber er hatte Zweifel, ob das eine gute Idee war. Auf die Hammelkeule mußte sicher geraume Zeit verzichtet werden. Er hatte sich für Rouladen entschieden. Rouladen, prima, das war das richtige Essen für eine Entlassung aus dem Krankenhaus. Mit Rouladen konnte man es sich gutgehen lassen, das war kein aggressives Essen. Alles erschien ihm heute so heiter. Er vertiefte sich in die Schlichtheit dieses Essens, in die Schlichtheit des zurückgekehrten Augenblicks. Es war ein wahres Glück. «Wir hätten fast draußen essen können», sagte er. Renée fand die Idee gut. Nach den Rouladen standen sie auf und tranken im Garten Kaffee. Die Sonne schien mehr als vorhergesagt, der Tag war schön und mild. René und Renée schauten sich milde an; sie hatten sich absolut nichts zu sagen, aber schweigend hatten sie sich ja immer am besten ausgetauscht. Sie mußten sich erst wieder zurechtfinden, die alltäglichen Verpflichtungen neu lernen. René war erleichtert, alles würde wieder wie vorher werden. Er hatte wieder ein Leben mit schönen Tagen vor sich.

Auf einmal traten die Nachwirkungen zutage. All die Angst, die sich seit Wochen angestaut hatte, weichte schließlich unter einer Herbstsonne und in einem nicht zu starken Kaffee auf. Er ließ die Luft raus, das ist der richtige Ausdruck. Er wollte jetzt nur noch eines: es sich gutgehen lassen. Sich an den kleinen Dingen freuen, durchatmen, an nichts anderes mehr denken als an seine Mahlzeiten, seinen Garten und das Fernsehprogramm. Seine Rente in Marnes-la-Coquette genießen. Dann stand er auf, strich seiner Frau mit der Hand über den Rücken und ging ein bißchen im Garten herum. Als er unverhofft auf die Hängematte stieß, fand er, daß das genau das war, was er brauchte. Seinen müden Körper in langsamer, gleichmäßiger Bewegung baumeln lassen. Nie lag er in dieser Hängematte, und plötzlich erschien sie ihm wie die Fermate dieses wundervollen Tages. Er kletterte hinein und begann zu schaukeln.

Da stand Renée auf und ging entschlossenen Schrittes auf ihn zu. Als sie auf Höhe der Hängematte angelangt war, sah sie ihn an und teilte ihm in der natürlichsten Art, die man sich vorstellen kann, mit: «Ich verlasse dich.»

DRITTER TEIL

I

Nachdem Louise ihre Freude darüber kundgetan hatte, ihre Eltern vereint zu sehen, im gleichen Raum immerhin, ging sie auf ihr Zimmer zurück. Durch ihre Anwesenheit hatte sie bis hierher die unglaubliche Beklemmung abgewendet, die Jean-Jacques und Claire verspürten. Sie hatten sich seit Wochen nicht Auge in Auge gegenübergestanden. Das war bestimmt das eindrucksvollste Ereignis, das sie über sich ergehen lassen mußten. Die Kluft zwischen dem, was sie sich vorgestellt hatten, und der Realität, in der sie sich unvermittelt befanden. Plötzlich wurde ihnen bewußt, daß sich alles verändert hatte. Nichts konnte wirklich sein wie früher. Selbst die Art, wie sie sich guten Abend gesagt hatten, war unbeholfen gewesen. Wohin sollten sie sich die Küßchen geben? Sie überlegten, und Überlegungen führen immer zu den Wangen. Am späten Nachmittag hatte Claire angerufen, und sie hatten ausgemacht, daß sie noch am selben Abend vorbeikommen würde. Beim Gedanken daran, sich wiederzusehen, sich vielleicht in die Arme zu drücken, hatte beide eine gewaltige Aufregung erfaßt, ein Gefühl, das den Tränen nahe war. Beide träumten nur noch davon, eines zu tun: zu schweigen. Sie hätten alles darum gegeben, sich nicht aussprechen zu müssen, die Einzelheiten ihres wirren Treibens nicht auseinanderfieseln zu müssen, aber das geht nie. Sie mußten reden. Sie mußten mit dem schrecklichen Handikap, nicht zu wissen, was der andere denkt, versuchen zu reden. Louise war gerade auf ihr Zimmer gegangen. Ein Aperitif war gereicht worden. Die sozialen Modalitäten des Zusammentreffens verbogen sich eine nach der anderen, um nur Platz für technischen Unterhaltungsstoff zu lassen. Sie hatten sich auf die Wange geküßt.

In ihrer Verlegenheit würden beide verheimlichen, was sie vom anderen wußten. Weder heute noch jemals irgendwann würde Claire sagen, was sie vom Detektivbüro Dubrove wußte. Und Jean-Jacques würde nie direkt den Russischunterricht erwähnen. Wegen dieser beiden Pappenstiele war ihr Bestreben vor allen Dingen, nicht auf die dunklen Stellen zu tappen. Sie mußten ihren Blick in die Zukunft richten. Was würden sie machen? Die Frage lag auf der Hand, aber sie gingen ihr weiterhin sorgfältig aus dem Weg. Jean-Jacques belauerte jeden Schluck, den Claire nahm, um ihr ein weiteres Glas anzubieten, um nach einer maskenhaften Geselligkeit zu grapschen. Sie probierten auch, über manche Banalität, die sie austauschten, zu lächeln. Wie ein Pärchen, das zum ersten Mal ein Rendezvous arrangiert hat, hätten sie sich um ein Haar über ihre Musikgeschmäcker ausgefragt.

Jean-Jacques wußte in diesem Moment, daß er dabei war, alles zu verderben. Es war an ihm, die Situation in die Hand zu nehmen und zu reden. Der Mut seiner Verzweiflung war ein Mut voller Hoffnung. Er versuchte, die richtigen Worte zu treffen.

«Ich möchte gern, daß du mir verzeihst, Claire.»

«Aber Jean-Jacques, ich habe dir verziehen.»

Und sofort war das Gespräch wieder ins Stocken geraten. Natürlich hatte Claire ihm verziehen, das war nicht das Problem. Alles, was im Laufe ihrer Krise zwischen ihnen vorgefallen war, war nicht dramatisch gewesen. Es gab nichts, was unwiederbringlich verloren gewesen wäre. Das Verzeihen lag auf der Hand. Ihre Versöhnung entschied sich nicht auf diesem Terrain. Ihre Versöhnung hing davon ab, inwieweit es ihnen gelingen würde, ihre Vertrautheit und ihr blindes Verständnis wiederzufinden. Warum waren sie so trocken im Ton? Selbst wenn sie sich gegenseitig verziehen, selbst wenn sie sich sagten, daß nichts besonders Schlimmes passiert war, erkannten sie jetzt, daß es sehr schwierig war, eine Beziehung nach einer Trennung wiederaufleben zu lassen. Man vergaß die Erkennungsmale. Man fiel oft hin. Man holte sich Schrammen.

Sie waren verstört. Im Erstaunen über die eigene Misere versunken. Sie wußten nicht, wohin sie sich setzen, was sie sagen, was sie tun sollten. Pathos schlich langsam über ihre Gesichter.

«Und sonst so, hast du zur Zeit viel Arbeit?» wagte Jean-Jacques.

«Ich habe noch nicht wieder angefangen ... Das hat mir gutgetan ... nicht zu arbeiten.»

«Ja, verstehe.»

«Und bei dir, was macht die Arbeit?»

«Ich auch ... öh ... ich mußte mich erholen ... ich arbeite also nicht ...»

Ihre Wörter hatten Angst entzweizubrechen.

Vor sechs Jahren hatte Claire im Kreißsaal aus vollem Hals gebrüllt, als sie Louise zur Welt gebracht hatte, und Jean-Jacques hatte gebrüllt, daß er Vater geworden war. Mancher hatte ihm sogar applaudiert. Damals waren die Wörter so fest, daß man mit ihnen weit werfen konnte.

Und dann war da dieser Tag, an dem sie ins Viertel ihrer Träume umgezogen waren. In das Viertel, in dem sie zum ersten Mal gemeinsam essen gegangen waren. Sie hatten unbedingt in der Nähe dieses Restaurants wohnen wollen. Hauptsache, immer das erste Glück im Auge behalten. Das Restaurant war ein italienisches geworden, aber sie waren im Viertel geblieben. Es ging ihnen gut hier, das Viertel war zentral gelegen. Von diesem Viertel aus war alles bequem erreichbar. Zu ihren Freunden Armand und Béatrice war es nicht sehr weit. Oft waren sie dort zu Feiern eingeladen. Eine von diesen Feiern, die zum Geburtstag von Béatrice, wurde auf einem kompletten Film verewigt. Nun ja, fast. Ein Bild war übriggeblieben, und Jean-Jacques hatte ein Foto von Claire gemacht. Sie hatte sich grauenhaft gefunden, an jenem Donnerstagnachmittag.

«Ich finde, du siehst schön aus», wagte Jean-Jacques noch einmal.
«Danke, sehr nett.»
«Und auf diesem Foto, ich weiß nicht, ob du dich erinnerst, du wolltest nicht, daß ich das Foto mache, weil du dich grauenhaft fandest ... Na ja, du sahst sehr schön aus auf dem Foto.»
«Das ist doch alles Schnee von gestern.»

Kurz nach dieser Feier waren Armand und Béatrice nach Madrid umgezogen. Spanien, da sagte man nicht nein. Am Anfang hatten sie von sich hören lassen, ein paar Anrufe, Beteuerungen, die Ferien zusammen verbringen zu wollen, und dann war nichts mehr. Vor ungefähr einem Jahr hatte Béatrice angerufen und mitgeteilt, daß sie wieder in Paris sei. Und daß sie allein zurückgekommen sei. Jean-Jacques hatte im Gespräch eine Pause gelassen.

«Was machen wir denn jetzt?» fragte Claire.
«Was willst du denn machen?»
«Ich will bei meiner Tochter sein.»
«Dann komm zurück. Das ist ganz einfach.»
«Nein, das ist nicht einfach. Wir können nicht, einfach so ...»

Sie wußten nicht, was sie mit ihren Händen anfangen sollten. Jean-Jacques hätte zart Claires Rücken berühren wollen, aber das war undenkbar. Jeder Millimeter zwischen ihnen war wie ein Gebirge, das sie überqueren mußten. Sie waren beide ein Durcheinander auf zwei Beinen. Unter diesen Umständen erschien es unmöglich, die Füße wieder in ein normales Leben zu setzen. Weil sie sich einander fremd waren, waren sie zur Trennung gezwungen. Sie beschlossen kühl, sich die Betreuungszeiten von Louise zu teilen. Sie würden sich abwechselnd in der Wohnung aufhalten, da Louise nicht mitten im Schuljahr umziehen sollte. Eine Woche Claire, eine Woche Jean-Jacques. Und derjenige, der nicht in der Wohnung war, würde für eine Woche ins Hotel in der Avenue Junot ziehen.

Sie hatten diesen Kompromiß gefunden. Nachdem sie Louise die Situation erklärt hatten, ging Claire in ihr Hotel zurück. Sie ließ Jean-Jacques seine Woche zu Ende machen. Als sie draußen auf der Straße war, brach sie in Tränen aus. Vor zwei Stunden, als sie die Treppen hinaufgestiegen war, hatte sie sich viel vorstellen können; aber das bestimmt nicht. «Da ist etwas zu Bruch gegangen», sagte sie sich immer wieder vor. Jean-Jacques wartete, bis Louise zu Bett gegangen war, um seinerseits zu weinen. Er wußte genau, daß ihre Abmachung das Vorzimmer zur Scheidung war.

II

Als sie am ehelichen Dasein zu ersticken drohten, hatten sie undeutlich vom Feiern geträumt, von nächtlichen Streifzügen, auf denen sie die äußerste Freiheit genossen, nicht auf die Uhr schauen zu müssen. Sie hatten davon geträumt, nicht mehr nur noch aus einem Zeitplan zu bestehen. Die Leichtigkeit schien ihnen die Mitgift des Singlelebens zu sein. Wenn sich auch die derzeitige Lage mit dem Singleleben vergleichen ließ, so gab es doch immer noch keine Leichtigkeit für sie. Die Wochen ohne Louise waren Wochen des Ausschlusses. An den meisten ihrer freien Abende blieben Jean-Jacques und Claire im Hotel. Aus der Ferne beobachteten sie das Fernsehen, ohne Ton. Die Bilder gerieten in Wallung, und nach Mitternacht wurden sie langsamer. Beide schliefen immer auf ihrer Seite ein; schliefen gewissermaßen mit dem abwesenden anderen ein.

Claire fing wieder an zu arbeiten. Schal kam ihr alles vor. Sie fühlte sich abgehoben, den Flugzeugen näher. Sie wollte ein karitatives Werk vollbringen. In einer Armenküche, in einem «Restaurant du Cœur», würde sie in ihrer Freizeit ehrenamtlich das Essen ausgeben. Jedes zweite Wochenende würde sie dahin gehen und an ein paar Abenden unter der Woche. Man hatte ihr klargemacht, daß Lächeln das Wichtigste war. Menschliche Wärme ausstrahlen. Was sie mit viel Energie tat. Und auch sie empfing die Wärme dieser Männer und Frauen vom Rande der Gesellschaft. Ein sentimentales Tauschgeschäft. Die Saison hatte kaum begonnen, und es galt, der Kälte die Stirn zu bieten. In den Köpfen der Leute hatte so etwas wie eine Umkehrung stattgefunden; seit dem Sommer 2003 fürchteten alle die Hitze, man dachte nur noch in Hundstagen. Die gewohnte Gewalt des Winters war in den Hinterköpfen verschwunden. Die Kälte trieb die Bedürftigen zusammen, drückte sie draußen aneinander. Claire war ihre Nähe zu denen, die zu ihr kamen, zu Herzen gegangen. Es gab in der Zerbrechlichkeit der Menschen poröse Grenzen. Selbst die Armseligkeit war nicht einer Elite vorbehalten.

Die recht zierliche junge Frau, die immer wieder vorüberging, machte einen so zögerlichen Eindruck. Ihre Blicke hatten sich gekreuzt. Sie hatte sich spontan auf Claire zu bewegt. Wortlos kam sie näher, und Claire schöpfte ihr eine Schale mit Suppe voll.

Schweigend ging sie Richtung Schweigen davon.

Zwei Tage später erkannte Claire die junge Frau wieder. Sie schien immer noch genauso schüchtern zu sein, wandte sich aber dennoch in recht bestimmter Weise an Claire.

«Guten Abend.»

«Guten Abend.»

«Ich heiße Clémence.»

Es war nicht das erste Mal, daß Claire den Vornamen von jemandem erfuhr, doch diesmal war sie verwundert. Die junge Frau schien übermenschliche Anstrengungen unternommen zu haben. Claire gab zur Antwort, daß sie Claire heiße. Die Unterhaltung war ziemlich kurz, sie versandete nämlich gleich unter verlegen maskiertem Lächeln. Am selben Abend tat es Claire leid, daß sie nicht mehr geredet hatte, daß sie es nicht verstanden hatte, eine Verbindung zwischen ihnen herzustellen. Sie hatte sich lächerlich benommen und ärgerte sich über sich. Clémence hatte wohl furchtbare Anstrengungen unternommen, um mit ihr ein Gespräch anzufangen. Zum Glück konnte Claire die Sache schon am nächsten Tag wiedergutmachen. Ohne große Worte gelang es ihnen schließlich, ein Gespräch anzuknüpfen. Nach einigen Tagen konnte man sogar vom Beginn einer gewissen Einmütigkeit reden.

*

Sie erzählte Sabine von der Begebenheit. Seit einiger Zeit sahen sie sich nicht mehr oft, so beschäftigt, wie Sabine war, eine unheilvolle Liebe auszukosten. Sabine hatte ihrer Freundin erst nicht zu sagen gewagt, daß der Mann ihres Lebens Édouard war. Als Claire es erfuhr, fing sie an zu lachen. Sie tat sich gar keinen Zwang an. Es heißt ja, daß das Unglück der einen der anderen Glückes Schmied ist. Sie freute sich ehrlich für Sabine, doch letztere ließ in der Euphorie der beginnenden Leidenschaft Finesse und Eleganz vermissen. Sie ging überhaupt nicht auf die schwierige Zeit ein, die Claire durchmachte, und schüttelte mechanisch den Kopf, als Claire ihr vom «Restaurant du Cœur» erzählte. Ihre Ohren waren mit ihrem Glück vollgestopft. Claire nahm es ihr nicht übel und freute sich, daß sie endlich etwas erlebte, was ihre Augen zum

Funkeln brachte. Das würde alles vorübergehen, dachte sie und meinte den Verschleiß. Sie wußte gar nicht, wie recht sie haben würde. Das würde alles vorübergehen, jedoch aus ganz anderen Gründen. Édouard und Sabine starben ein paar Monate später.

*

Eines Abends, nach mehreren allgemeingültigen Sätzen, traute sich Clémence:

«Claire ... Es ist ein bißchen seltsam ... Aber ich würde Sie gern um etwas bitten ...»

«...»

«Es ist nicht das, was Sie glauben ... Am besten sollte ich es Ihnen erklären ... Könnten wir einen Kaffee trinken gehen, wenn Sie mit Ihrem Dienst fertig sind?»

Dieser Vorschlag hatte Claire in Verlegenheit gebracht. Es war klar, daß sie, so natürlich es ging, hätte ja sagen müssen, aber sie wußte nicht, was sie davon halten sollte. Sie sagte, sie werde sich das durch den Kopf gehen lassen, und fragte einen altgedienten Ehrenamtlichen um Rat. Es gab in dieser Hinsicht keine Anweisungen, jeder konnte tun und lassen, was er wollte. Beim Gedanken daran, Clémence irgend etwas abzuschlagen, beschlichen Claire Schuldgefühle. Man konnte nicht jemanden so anlächeln und dann nicht auf ihn eingehen, wenn er darum bat, daß man ihn anhört. Sie willigte ein. Clémence erwartete sie in einem Café. Was wollte sie? Wenn sie Geld von ihr wollte, was konnte sie machen? Sie fragte sich, wie sie sich verhalten sollte, als sie zu der Verabredung ging. Clémence stand auf:

«Danke, daß Sie gekommen sind.»

«Aber ich bitte Sie.»

«Na ja, das ist ziemlich peinlich ... Ich ... Sie sind immer so ... Na ja ...»

«Beruhigen Sie sich, ich will Ihnen zuhören ... Wenn ich Ihnen helfen kann, werde ich das tun ...»

Clémence stammelte leicht. Man hätte meinen können, daß ihre Stimme Metro fuhr. Claire kamen beim Zuhören ihre Zögerlichkeit und ihre Angst vor Verwicklungen reichlich lächerlich vor. Was Clémence erzählte, war keineswegs zum Verzweifeln. Sie schaffte es nicht, mit ihrem Geld über die Runden zu kommen, obwohl sie sich nicht mehr schämte, umsonst essen zu gehen, wenn sie konnte. Sie faßte kurz ihr Leben zusammen. Vor allem, um recht schnell zu dem Gefallen zu kommen, um den sie bitten wollte. Sie sprach von einem sehr schmerzvollen Ende einer Liebe. Das hatte sie am meisten geschwächt. Nach dieser Geschichte war es ihr schwergefallen, wieder ein normales Leben zu führen; sie war mit ihrem Studium in Rückstand geraten, sie war sich anpassungsunfähig vorgekommen. Jetzt, nach zwei Jahren, ging es ihr besser; sie machte eine Ausbildung, mit der sie eine Arbeit würde finden können. Trotz all ihrer Schwierigkeiten machte sie so einen lebensbejahenden Eindruck. In ihr steckte Energie. Sie schien davon überzeugt zu sein, daß ihre finstere Zeit dem Ende zuging. Und damit kam sie zu dem Thema, das Claire betraf.

«Genau, ich habe jemanden kennengelernt.»

«Wunderbar ...»

«Na ja, nein, kennengelernt habe ich ihn nicht ... Das

heißt, ich werde ihn kennenlernen. Wir haben ein Rendezvous.»

«Wunderbar.»

«Ja, aber ich kann nicht hingehen.»

Claire stieß ein nervöses Lachen aus. Die Unterhaltung kam ihr merkwürdig vor, fast surreal. Und das Gefühl steigerte sich noch, als sie begriff, worum die junge Frau sie bitten wollte.

«Das ist es also ... Das ist so wichtig für mich ... Wir haben uns im Internet kennengelernt ... Zwei Jahre lang hätte ich nie geglaubt, daß ich wieder mit jemandem etwas aufbauen könnte ... Und ich habe im Gefühl, daß das zwischen uns etwas Starkes ist ... Aber ich traue mich nicht hinzugehen ... Das muß Ihnen alles verrückt vorkommen, ich weiß ... Aber Sie haben so verständnisvoll gewirkt, und Sie waren so freundlich zu mir ... Voilà, ich weiß, daß ich das nicht schaffe ... Wir sprechen seit einem Jahr davon, und jetzt haben wir uns verabredet ... Das hat Zeit gebraucht, wir sind beide sehr schüchtern ... Also, um es kurz zu machen, ich kann da nicht hin ... Ich möchte, daß Sie für mich hingehen ...»

Nach kurzem Zögern sagte Claire zu. Niemand hätte da nein gesagt. Sie hatte noch keine Ahnung, was sie sagen würde. Sie würde irgendwie Clémence beschreiben und sich soviel wie möglich über ihre Vorzüge auslassen. Vorzüge anderer sich auszudenken war ja sowieso immer leichter. Die Geschichte amüsierte sie schlußendlich. Als sie ins Hotel zurückging, wollte sie Jean-Jacques anrufen und ihm die Geschichte erzählen. Seit Wochen berichteten sie sich bloß bleierne Einzelheiten, schwere Alltagshandlungen. Aber sie besann sich und stellte die Hypothese auf, daß Jean-Jacques die Vorstellung von einer Verabredung mit einem Unbekannten nicht gefallen würde. So war das Verhältnis zu ihrem Mann. Sie sagte ihm nie, was sie eigentlich vorhatte, ihm zu sagen; umgekehrt das gleiche. Über ihrem Verhältnis lag das schlimmste Elend, das es gibt, das der vorher zurechtgelegten Worte.

Am darauffolgenden Abend betrat Claire den Ort des Rendezvous. Sie hielt nach einem Mann mit gelber Krawatte Ausschau, denn das war das Erkennungszeichen. Viel Rauch schwängerte die Luft, doch sehr rasch erfaßte ein gelber Punkt ihren Blick. Ganz offensichtlich saß der Mann dort. Claire reichten ein paar Sekunden, um vor dem Tisch zum Stehen zu kommen.

Im Angesicht der gelben Krawatte zwinkerte sie mehrmals.

Das konnte nicht wahr sein.

III

Einige Ehrgeizhälse waren enttäuscht, als Jean-Jacques ins Unternehmen zurückkehrte. Diejenigen, die auf eine folgenschwere Depression gesetzt hatten, mußten ihren Überfallplan überdenken. Sie hatten ein paar Fehler begangen, die ihnen bestimmt einen Aufstieg bei den Stockwerken einbringen würden. Von allen anderen wurde Jean-Jacques wie ein echter Champion begrüßt. Erneut klopfte man ihm auf die Schulter, das unleugbare Zeichen der Rückkehr ins gesellschaftliche Leben. Auf Fragen nach seiner Lage antwortete er lieber ausweichend, er war immer noch überzeugt davon, daß die Wörter Situationen gefrieren lassen. Und das stand außer Frage. Das Getrenntsein würde nicht ewig währen. Solche Gedanken schossen ihm freilich in seinen positiven Augenblicken durch den Kopf (wenn man ihm auf die Schulter klopfte), aber an manchen Abenden, in denen er im Hotel dahinvegetierte, zögerte er nicht, ein paar Tränen zu vergießen. Er fühlte sich immer noch dafür verantwortlich, sein Leben in eine Sackgasse manövriert zu haben.

Édouard gab ihm den Rat, Sport zu treiben. Er mußte um jeden Preis wieder etwas breitschultriger werden, seiner Zukunft körperliches Prestige verleihen.

«Schau dich im Spiegel an. Deine Schultern schauen aus wie Knie ...»

Mit der Erweckung von Schuldgefühlen aufgrund seiner Physis schloß sich die letzte an ihm noch nicht erforschte Lücke. Aber es stimmte, er wollte rennen, er wollte erdulden, er wollte ein Mann werden, der sich nach einem träge verrichteten Dienst in die Lüfte aufschwingen konnte.

In der Nähe des Hotels gab es einen Tennisverein, bei dem er in den Wochen des Einsiedlerdaseins manchmal am Abend spielen könnte. Er sah sich sehr rasch einer der ärgsten existentiellen Ängste eines Tenniscracks ausgesetzt: Wie finde ich einen Partner? In den Korridoren des Vereins vegetierte er dahin und versuchte, Kontakte zu knüpfen, die sich als fruchtbar erweisen könnten. Doch nichts zu machen, der Tenniscrack gehört zu einer Rasse, die stets in Begleitung ist. Man hätte meinen können, daß alle zu zweien beziehungsweise die größeren Feinschmecker zu vieren auftraten. Mußte man jemanden bestechen? Oder einem Spieler beim Müßiggang auflauern? Er weigerte sich, gegen die Wand zu spielen, das deprimierte ihn schon im voraus. Aus menschlicher Sicht gab es Besseres als Wände. Er suchte beim Sport auch den zwischenmenschlichen Austausch. Da die Idee ja von Édouard gekommen war, fragte er ihn, ob er nicht mitspielen wolle. Doch letzterer war deutlich zu verliebt, um auch nur die geringste körperliche Verausgabung ins Auge zu fassen. Er befand sich in dieser Phase der Liebe, in der es genauso lächerlich ist, hinter einem Ball her zu rennen wie hinter einer anderen Frau her zu rennen.

«Sie hätten mich fragen sollen. Da hängt eine Tafel, wo man Anzeigen aufgeben kann, damit die Spieler sich kennenlernen können», hatte der Geschäftsführer zu dem neuen Mitglied gesagt, nachdem er es zwei Wochen lang hatte herumirren sehen. Der erleichterte Jean-Jacques ging in einer gewissen Aufregung auf die Tafel zu. Auf den Zetteln standen vor allen Dingen das Niveau der Spieler und die möglichen Spielzeiten. Unten waren die Lieblingstenniscracks angegeben, man fand sich also über Geistesverwandtschaften. Das ist auch eine Art, die Atmosphäre zu bestimmen. Wenn man Lendl schreibt, ist klar, daß man einzig und allein zum Spielen kommt und daß es keine verbalen Schnörkel geben wird. Wenn man McEnroe schreibt, heißt das, daß man sich im Grunde gern ein bißchen anschnauzen würde. Wenn man Noah schreibt, geht man nach Beendigung eines kleinen Satzes auf einen Drink. Und so weiter. Jean-Jacques fand niemanden, der seinem Niveau entsprach, er mußte also einen Zettel ausfüllen. Er heftete ihn behutsam an die Tafel und hoffte darauf, daß sich ein Spieler interessiert zeigen würde. In der Hoffnung, mit einem kleinen Scherz die anderen Zettel beeinflussen zu können, hatte er in der Kategorie «Lieblingstenniscrack» angegeben: «Sie». Er war recht stolz auf diesen humoristischen Geistesblitz, warum nicht. Und um es kurz zu machen, er tat seine Wirkung, denn drei Tage später erhielt Jean-Jacques einen Anruf:

«Wenn ich Ihr Lieblingsspieler bin, werde ich Ihnen das Vergnügen, mit mir zu spielen, nicht nehmen können ...»

Es gab einiges zu lachen unter einsamen Tenniscracks.

So kam es, daß sich Jean-Jacques mit Jérôme verabredete. Es war eine merkwürdige Situation, mit einem Unbekannten so auf einem Sportplatz dazustehen. Sie hatten nicht wirklich miteinander gesprochen, und schon spielten sie sich die Bälle zu. Wenn man jemanden kennenlernt, bemüht man sich immer, in seinem vollen Glanz zu erstrahlen. Die beiden Spieler feilten also übertrieben an ihren Schlägen. Und wenn sie einen Ball ins Aus spielten, versäumten sie es nicht, sich in Sekundenschnelle zu entschuldigen. Was sich zwischen ihnen abspielte, war geradezu eine Höflichkeitspartie. Und zugleich eine unaufrichtige, denn Jean-Jacques verstand nicht, warum ihm mit seiner Rückhand heute nichts gelang, wo ihm doch mit dieser Rückhand seit jeher nie etwas gelungen war. Nach diesem ersten Match unterhielten sich die beiden Männer kurz. Jérôme war ziemlich schüchtern, was aus seinem ersten Anruf nicht hervorgegangen war. Er war ein junger Mann von dreiundzwanzig Jahren und arbeitete in einer IT-Firma. Seine Augen hingen den ganzen Tag am Bildschirm, deswegen mußte er sich am Abend austoben. Wenn die Beweggründe beider auch ähnlich waren, so schien es in ihren Leben doch recht wenig Berührungspunkte zu geben. Sie tauschten ein paar sportliche Banalitäten aus und verständigten sich auf ein Wiedersehen. Ohne den Fortgang der Geschichte vorauszusehen: Eine Freundschaft zwischen den beiden Männern war nichts, was man vollkommen ausschließen konnte.

Von ihrem dritten Match an beschlossen sie, gemeinsam zu Abend zu essen. Zum ersten Mal in seinem Leben sah sich Jean-Jacques einem Mann gegenüber, der jünger war als er. Er fand gleich Geschmack an dieser Stellung, in der er unleugbar herausgehoben zur Geltung kam. In Gesellschaft respektvoller Jugend ging es einem gut. Sie redeten über ihre Arbeit, aber Jérôme wollte sich über das, was er machte, nicht lange ausbreiten. Er griff lieber ein anderes Thema auf:

«Du mußt viel Erfahrung bei den Frauen haben, oder?»

Das ist genau die Frage, bei der kein Mann nein sagen kann. Jean-Jacques ließ ein Ja durchsickern. Nach drei Begegnungen kam ihre beginnende Freundschaft der Wahrheit schon ein bißchen näher. Jérôme hatte wenig Erfahrung bei den Frauen, aber er ließ sich dazu hinreißen, Jean-Jacques ins Vertrauen zu ziehen.

Nachdem er ihn ins Vertrauen gezogen hatte, ließ er sich als nächstes dazu hinreißen, ihn um einen kleinen Gefallen zu bitten.

Zwei Abende darauf betrachtete sich Jean-Jacques im Spiegel und kam sich reichlich lächerlich vor mit dieser gelben Krawatte. Er saß in einem verrauchten Café und konnte die Hereinkommenden nicht richtig erkennen. Ihm war zum Weinen zumute, er wußte nicht recht, warum, vielleicht dachte er nostalgisch an Momente in seinem Leben, in denen er selbst so gesessen und auf eine geliebte oder noch zu liebende Frau gewartet hatte. Als er Claire sah, versuchte er unterzutauchen. Doch sie war so sicheren Schrittes auf ihn zu marschiert. Eine Sekunde verharrten beide reglos, dann drehte sie sich um und ging überstürzt davon. Jean-Jacques stand sofort auf, um ihr zu folgen, und rempelte ein paar schlechtplazierte Leute um. Er befand sich am Leben. Dieser Augenblick hatte alle Ingredienzen des Irrealen.

Man schrieb einen zwölften Oktober.

Im Irrealen regnet es immer. Nach allem, was sie durchgemacht hatten, fehlte ihnen gerade noch eine feuchte Verfolgungsjagd, auf der sie im Licht der Autoscheinwerfer fast ein wenig sterben würden. Jean-Jacques, der vor kurzem wieder mit dem Sport angefangen hatte, trabte locker und war sehr rasch auf der Höhe von Claires Arm. Sie trug einen Regenmantel, ihre Schönheit war die erdrückende Schönheit von Frauen, die sich sträuben, ohne sich wirklich zu sträuben. Kurz vor dem Kuß schubsen sie den Mann weg.

«Wie hast du mir das antun können? Du sagst, daß du mich liebst, und dann reißt du im Internet Mädchen auf! Du widerst mich an …»

Jean-Jacques verfiel nicht in Panik. Die schlichte Tatsache, daß er an diesem Tag, an dem er für einen anderen Mann auf eine Frau wartete, Claire gesehen hatte, hatte ihn mit einem sagenhaften Glück erfüllt. Die Verwechslung war schnell aufgeklärt, das Glück lag nicht am Boden. Claire begriff, daß Jean-Jacques nicht die Verabredung von Clémence war, sondern einfach der Sprecher eines Schüchternen. Da ließ der Zufall sie erstarren. Das Leben hatte sie soeben augenscheinlich auf den verschlungensten Pfaden zueinander zurückgebracht. Ihre Tränen unter dem Regen waren dezent. So standen sie umschlungen, gerührt wie am ersten Tag ihrer Liebe.

IV

Ein paar Tage später arrangierten Jean-Jacques und Claire eine richtige Begegnung zwischen Jérôme und Clémence. Die beiden schauten natürlich verlegen drein, denn es war ihre erste Begegnung. Sie waren sehr verwundert, weil sie es beide mit einer dritten Person zu tun hatten. Das war ein zusätzlicher Berührungspunkt und kein unerheblicher. Sie dankten Jean-Jacques und Claire für das, was sie getan hatten.

«Nein, wir sind diejenigen, die sich bei euch bedanken ...», hatte Jean-Jacques gesagt.

«Genau, wir sind diejenigen, die sich bei euch bedanken», hatte Claire behauptet.

Sie waren noch ganz perplex. Wenn der größte aller Zufälle eintrat und sich zwei Unbekannte im Angesicht einer Begegnung ausgerechnet sie aussuchten, dann waren alle Zweifel ausgeräumt. Sie hielten sich die Hand. Auch Jérôme und Clémence lachten. Sie brachen gemeinsam auf, und sie gingen ganz vorsichtig, als könnte der Boden von ihren Schritten Risse bekommen. Sie betraten ein Gebäude, fuhren mit dem Aufzug. In dem stickigen Schacht war keinerlei Verlegenheit an ihnen erkennbar. Sie klingelten an einer Tür. Igor öffnete mit einer Nonchalance, die ihm nicht gleichsah. Beim Hineingehen grüßten sie auch Ibàn. Er saß da und blätterte in einer Zeitschrift, er machte eine fahrige Handbewegung. Das Mechanische an diesen Begrüßungen ließ auf eine alte Freundschaft schließen. Bei einem Tee besprachen sie die jüngsten Ereignisse in dieser Mission und freuten sich über das Gelingen (auch wenn in dieser Freude ein Hauch von Melancholie auszumachen war). Vor einigen Wochen war die Idee in Igors Hirn entsprungen (eine zwangsläufig russische Idee). Die Idee war, zwei Menschen in eine Situation zu bringen, die sie als etwas Besonderes bewerten würden. Die Wirklichkeit brauchte sie nur zu vergewissern, sie brauchten nur den nötigen Wink des Schicksals, um mit ihrer Liebe fortzufahren. Egal, ob der Wink künstlich hergestellt war oder nicht. Monate- und abermonatelang würden Jean-Jacques und Claire analysieren, was geschehen war, und könnten sich nie die Machenschaften träumen lassen, denen sie zum glücklichen Opfer gefallen waren:

«Stell dir das mal vor, das ist doch verrückt ...»

«Ja, das ist verrückt ...»

«Die Wahrscheinlichkeit, daß diese beiden Menschen ...»

«... ausgerechnet uns beide fragen ...»

«Ja, das ist verrückt ...»

Sie küßten sich und traten mit ihren Lippen den Beweis an, daß sich Dinge um so weniger in Zweifel ziehen lassen, je plumper sie daherkommen.

Jérôme und Clémence verschwanden wieder in ihre Leben, von denen wir nichts wissen. Die Cousins gingen ins Kino. Igor freute sich, daß sich endlich ein Kino dazu durchgerungen hatte, *Der Himmel über Berlin* zu zeigen, er wartete seit einiger Zeit darauf. Sie glaubten, daß sie allein im Kino sitzen würden, doch eine Sekunde bevor es losging, kam eine junge Frau herein. Sie setzte sich in ihre Nähe.

Es war Sonia.

Der Film fing an, und die ersten Worte waren:

Als das Kind Kind war,
ging es mit hängenden Armen,
wollte, der Bach sei ein Fluß, der Fluß sei ein Strom
und die Pfütze das Meer.

Als das Kind Kind war,
wußte es nicht, daß es Kind war,
alles war ihm beseelt, und alle Seelen waren eins.

Als das Kind Kind war,
hatte es von nichts eine Meinung ...

V

Mit den Händen in den Taschen sollte René acht Jahre später sterben. Bis dahin würde er seine Zeit damit zubringen, nicht viel zu tun. Mit seinen Händen, die einst Ruhm bedeutet hatten, drehte er jetzt in einem Rhythmus ohne Variationen die Däumchen. Er würde dahinvegetieren und vorsichtig zwischen den Blumen in seinem Garten umhergehen, jedoch niemals zärtlich über eine Rose streichen. So sorgfältig wie möglich würde er jenem Winkel des Gartens aus dem Weg gehen, in dem die Hängematte aufgespannt war. Von weitem würde er das Objekt beobachten, es für eine regelrechte Grabstätte für Männer halten und ihm einen präzisen Haß schwören. Eines Tages, und das wäre die Apotheose seines nichtstuerischen Lebensendes, würde er die Gefahren seiner Erinnerung bannen und die Hängematte ihren unvergänglichen Bäumen entreißen. Und dann würde er die Hängematte verbrennen, auf nackter Erde. Die Rauchfetzen der Hängematte würden über Marnes-la-Coquette dahinziehen, und den Frauen der Stadt würde, ohne daß sie recht wußten, warum, dieser Geruch nach Verbranntem nicht schmecken (der Geruch nach männlicher Schwäche). René würde hypnotisiert auf die schwächste Glut starren und den leisesten Todeskampf des Feuers mit Blicken auflesen. Dieser rebellische Akt würde den illusorischen Eindruck schüren, den Mechanismus zu bannen, der Männer niedersengt. In diesen

Momenten, in denen die Rauchfetzen der Hängematte dahinzogen, würden einige Tränen in ihm aufsteigen, die ihm den Blick verschleierten.

Und der Schleier der rauchenden Glut würde ihn aus dem Blick eines potentiellen Besuchers verschwinden lassen.

Nachdem Renée dem ehelichen Heim entronnen war, wollte sie zu einer Mission aufbrechen. Sie wollte ihre Vergangenheit zurück. Sie eilte also nach Orly, um einen Flug nach Venedig zu nehmen. Als sie dort ankam, ging sie in die erstbeste Pension hinein, mietete ein Zimmer und griff nach dem Telefonbuch. Sie fand den Namen dessen, den sie so sehr geliebt hatte. Das Leben kann so einfach sein; deswegen ist es so lächerlich, wenn man es nicht lebt.

Das stimmt natürlich nicht, es ist nie so einfach. Wir verbringen unsere Zeit damit, Erinnerungen liebzuhaben, die uns ihrerseits vergessen. Jeder Krümel Nostalgie verengt den Weg, der uns zum Tod führt. Als Renée vor Marcellos Haus stand, zitterte sie am ganzen Körper. Vor ihr lag ihr Leben, das sie in einer unstet beleuchteten Sackgasse zusammengeklaubt hatte. Sie kam sich vor wie in einem Dekor aus Pappmaché, als wäre alles, was passierte, nur ein Geisterbild aus einem Traum, aus einem unwirklichen Theater. Wie durch Hexerei stand Marcellos Tür einen Spaltbreit offen. Sie konnte hindurchschlüpfen und ihn vielleicht schweigend betrachten. Sie ging ins Haus. Gleich sah sie ihn. Marcello. Ihr Mythos, der Mann ihres Lebens. Den sie nie aufgehört hatte zu lieben. Der ihr Leben hatte dürftig erscheinen lassen. Renée hatte nie den kühlen Kopf besessen, um nicht zu vergleichen, was man nicht vergleichen konnte. Für eine Sekunde zu sterben, weil sie aus der Gewohnheit ausbricht, ist zu einfach. Eine falsche Einfachheit der Wörter, genauso der Gesten, bläht sich da vor uns auf. Was Renée an Marcello gefallen hatte, war das, was ihr an ihrem eigenen Leben nicht gefiel. Alles also.

Auf den ersten Blick wollte sie nicht wahrhaben, wie sehr er gealtert war; wie wenig er heute imstande wäre, sich unter ein Spülbecken zu beugen. Wie wenig er sie in gegen Türen und Wände gelehnten Stellungen lieben könnte. Doch in dem Moment, in dem ihr Bewußtsein den Verfall ihres jugendlichen Liebhabers einsah, lähmte sie sogleich etwas anderes Augenscheinliches; etwas noch Schrecklicheres. Die Augenscheinlichkeit ihres eigenen Verfalls. Sie war schön in ihrer Erinnerung, denn Erinnerungen altern nicht. Der Sockel ihres Mythos wurde soeben der Zeit ausgesetzt. Sie wollte umdrehen, aber sie ging auf den Tisch zu. Marcello sah sie. Er strich sich mit der Hand übers Gesicht (der Hand, die Renée so geliebt hatte), um ganz sicherzugehen, daß er nicht träumte.

«Was machst du denn da? ... Wie lang das her ist ... Brauchst du was?»

«...»

«Sag doch was! Du kannst nicht einfach dastehen und nichts sagen. Wie ein Gespenst.»

«Ich wollte dich einfach bloß wiedersehen.»

«Na schön, jetzt hast du mich gesehen.»

Ein paar Sekunden später war Renée weg. Marcello konnte am selben Abend schwer einschlafen. Sein Benehmen tat ihm leid. Doch das so jähe Eindringen der Vergangenheit war ihm unerträglich gewesen. Er wollte alles, was er erlebt hatte, vergessen. Renée dagegen war, nachdem sie kein Gespenst mehr war, herumgeirrt wie ein Schatten. Ihr Unterfangen überbordete wahrlich nicht vor Charisma. Marcellos Reaktion hatte sie erbärmlich gefunden. Abscheulich sogar. Er war abscheulich gefühlskalt gewesen. Aber was hatte sie denn tatsächlich erwartet? Sie wußte es nicht. Ihr schwante nur, daß sie ihr ganzes Leben von einem Mann geträumt hatte, der lediglich aus einem Mythos, aus einem Regelverstoß, aus einem Körper bestanden hatte. Sie hatte ihr Leben verpfuscht für ein kurzlebiges Glück. Sie war eine armselige Mutter und eine armselige Ehefrau gewesen. Sie war erfüllt von Bitterkeit, und dennoch stieg eine deutliche Freude in ihr auf. Renée begriff soeben die Lücke in ihrer Existenz, das war schon mal was. Es ist immer besser, wenn man die Erbärmlichkeit erkennt, als wenn die Erbärmlichkeit anhält. Wer weiß, sie durfte darauf hoffen, nun eine bessere Frau zu werden. Anderen helfen. Liebe bringen: Wenn sie auf dem Grunde ihres Herzens kramte, müßte sie schon etwas finden, womit sie ein paar gefühlsbetonten Müßiggängern helfen könnte. Sie fuhr mit dem Boot zum Lido. Das Grand Hotel war zu der Zeit geschlossen. Die winterliche Atmosphäre an Badeorten erinnert immer stark an Theaterkulissen bei Tage, an Filmstudios an Tagen, wo nicht gedreht wird, an einsame Clownsgesichter. Es herrschte eine depressive Stimmung, die den Vorteil hatte, daß sie Hoffnung schöpfte. Die Hoffnung darauf, daß bald wieder alles von vorn beginnen würde, mit dem neuen Schwung der Illusion. Renée ließ sich von der Leere mitreißen. Am Strand machte sich der Nebel für die Nacht zurecht. Keine Menschenseele war mehr da; doch wenn eine dagewesen wäre, hätte sie Renée nicht zu Gesicht bekommen.

EPILOG

Die Geschichten aus unseren Leben sind runde Sachen. Einige Monate später war die Anordnung des Prologs wiederhergestellt. Doch auch wenn Jean-Jacques zur gleichen Zeit von der Arbeit kam, so waren die Dinge doch grundlegend anders: Er nahm den Fahrstuhl, öffnete die Tür mit einem Lächeln und stürzte auf Louise zu. Sie mußte nicht mehr so vielen Aktivitäten nachgehen, ihr Charakter würde sich von selber formen dürfen. Was Claire anbelangt, er küßte sie mit einem egoistischen Glücksgeschmack auf der Zunge (das Kurdendrama berührte ihn nicht mehr). An diesen in neuer Blüte stehenden Abenden roch man nicht selten, daß ein exotischer Duft in der Luft lag; eine Paprika- oder Ingweratmosphäre. Es handelte sich um Entwurzelungsversuche. Sie mußten versuchen, den Boden unter den Füßen zu verlieren, versuchen, jeden Tag mit neuer Energie zu bestreiten; versuchen zu glauben, daß nicht alles zwangsläufig dem Verfall geweiht ist.

Claire berichtete von ihrem Tag in Roissy. Der bedeutende Moment waren die Umarmungen mit Caroline, die als Aupair-Mädchen für ein Jahr nach Chicago ging. Sie versprach, so oft wie möglich zu schreiben; was sie nicht tun würde. Claire hatte dem Flugzeug am Himmel nachgesehen. So lange, bis es in die Wolkenmasse eingetaucht war. Seitdem Caroline ihren Abschied angekündigt hatte, suchten Jean-Jacques und Claire eine neue Babysitterin. Und bei der Suche wurde ihnen klar, als sie sich mehreren Enttäuschungen gegenübersahen, wie liebenswürdig und verantwortungsbewußt Caroline doch war. Nach einiger Zeit, sie hatten schon den Mut sinken lassen, fanden sie, was man gemeinhin eine Perle nennt. Sie war aus dem Nichts wie eine augenscheinliche Tatsache aufgetaucht. In ein paar Minuten würde sie unzählige junge Frauen vergessen machen.

Sie hieß Carole.

An dem (Flitter-)Wochenende, das Jean-Jacques gebucht hatte, kümmerte sie sich um Louise. Ein paar Tage davor traf eine schreckliche Nachricht ein, die dem Wochenende seine Herrlichkeit abwürgte: Édouard und Sabine waren bei einem Flugzeugunglück ums Leben gekommen. Ein kleines Flugzeug, mit dem sie auf eine Insel der Träume gelangen sollten. Jean-Jacques und Claire weinten stundenlang und versuchten, sich gegenseitig zu trösten. Sie konnten es nicht fassen, doch das Drama schloß sie noch enger zusammen. Unaufhörlich verführten sich Glück und Unglück. Die Beerdigung war unerträglich. Zur Beruhigung dachten alle, daß sie in ihren letzten Augenblicken glücklich gewesen waren.

«Ja, sie sind glücklich gestorben ...»

Der Absturz war unerhört heftig gewesen. Aber vor allem unmittelbar heftig. Alle waren von einer Sekunde auf die andere tot. Und in dieser Sekunde waren die Lippen von Édouard und Sabine eins gewesen.

Jean-Jacques und Claire hatten beschlossen, ihre Reise nicht zu stornieren. Weiterleben war eine Art, den Toten die Ehre zu erweisen. Sie fuhren mit dem Zug und kamen am späten Freitagnachmittag in Genf an. Genf, ihrer Stadt. Seit ihrer mythologischen Liebesreise waren sie nicht wiedergekommen. Jetzt fing alles wieder von vorne an, diesmal vielleicht mit noch mehr Gefühlen. Gewiß würden sie sich auf eine gewissere Weise lieben. Von diesem ersten Abend an traten sie in ihre eigenen Fußstapfen und ließen die Erinnerungen in sich aufsteigen. Am See dachten sie an ihre Freunde. Im eigenen wiedergefundenen Glück, das sie zu nervösem Gelächter antrieb, und in der Traurigkeit über den Tod der Freunde, die sie zu nervösen Tränen antrieb, berührten sie den Nerv des Lebens: die Sehnsucht und die Kraft weiterzumachen. Sie hatten keinen Hunger, sie wollten stundenlang laufen. Jetzt nahm das Schweigen Platz zwischen ihnen, ihre Bewegungen tauschten zärtliche Worte aus. Claire nahm Jean-Jacques' Hand und legte sie auf ihren Bauch.

ENDE

Französische Literatur der Gegenwart im dtv

Muriel Barbery
Die Eleganz des Igels
Roman · dtv premium
Übers. v. Gabriela Zehnder
ISBN 978-3-423-24658-3

Die letzte Delikatesse
Roman
Übers. v. Gabriela Zehnder
ISBN 978-3-423-13759-1

Jean-Dominique Bauby
Schmetterling und Taucherglocke
Übers. v. Uli Aumüller
ISBN 978-3-423-08393-5

Philippe Besson
Zeit der Abwesenheit
Roman
Übers. v. Caroline Vollmann
ISBN 978-3-423-13629-7

Eine italienische Liebe
Roman · dtv premium
Übers. v. Caroline Vollmann
ISBN 978-3-423-24423-7

Sein Bruder
Roman · dtv premium
Übers. v. Caroline Vollmann
ISBN 978-3-423-24455-8

Philippe Besson
Brüchige Tage
Roman
Übers. v. Caroline Vollmann
dtv premium
ISBN 978-3-423-24530-2

Nachsaison
Roman
Übers. v. Caroline Vollmann
dtv premium
ISBN 978-3-423-24597-5

Einen Augenblick allein
Roman
Übers. v. Caroline Vollmann
dtv premium
ISBN 978-3-423-24663-7

Pierette Fleutiaux
Faß dich kurz, Liebes
Roman
Übers. v. Holger Fock und Sabine Müller
ISBN 978-3-423-13628-0

David Foenkinos
Das erotische Potential meiner Frau
Roman
Übers. v. Moshe Kahn
ISBN 978-3-423-13654-9

Bitte besuchen Sie uns im Internet: www.dtv.de

Französische Literatur der Gegenwart
im dtv

François Gantheret
Verlorene Körper
Roman
Übers. v. Dirk Hemjeoltmanns
dtv premium
ISBN 978-3-423-24593-7

Das Gedächtnis des Wassers
Roman
Übers. v. Dirk Hemjeoltmanns
dtv premium
ISBN 978-3-423-24690-3

Laurent Gaudé
Die Sonne der Scorta
Roman
Übers. v. Angela Wagner
ISBN 978-3-423-13602-0

Der Tod des Königs Tsongor
Roman
Übers. v. Angela Wagner
dtv premium
ISBN 978-3-423-24419-0

Eldorado
Roman
Übers. v. Claudia Kalscheuer
dtv premium
ISBN 978-3-423-24628-6

Michèle Lesbre
Purer Zufall
Roman
Übers. v. N. Mälzer-Semlinger
ISBN 978-3-423-13356-2

Der Sekundenzeiger
Roman
Übers. v. N. Mälzer-Semlinger
dtv premium
ISBN 978-3-423-24623-1

Das rote Canapé
Roman
Übers. v. N. Mälzer-Semlinger
dtv premium
ISBN 978-3-423-24721-4

Christian Pernath
Ein Morgen wie jeder andere
Übers. v. N. Mälzer-Semlinger
dtv premium
ISBN 978-3-423-24719-1

Lydie Salvayre
Milas Methode
Roman
Übers. v. Claudia Kalscheuer
dtv premium
ISBN 978-3-423-24559-3

Bitte besuchen Sie uns im Internet: www.dtv.de